La verdad silenciada

Crimen y Misterio

Ragnar Jónasson

La verdad silenciada

Traducción del islandés por
Kristinn R. Ólafsson y Alda Ólafsson Álvarez

Seix Barral

Título original: *Náttblinda*

Este libro se ha traducido con la ayuda de:
ICELANDIC LITERATURE CENTER

Adaptación de la cubierta: Booket / Área Editorial Grupo Planeta
Fotografía de la cubierta: © Evelina Kremsdorf / Trevillion Images
Primera edición en Colección Booket: octubre de 2024

Depósito legal: B. 14.370-2024
ISBN: 978-84-322-4394-3
Impresión y encuadernación: Liberdúplex
Printed in Spain - Impreso en España

Biografía

Ragnar Jónasson nació en 1976 en Reikiavik, Islandia, y es escritor y abogado. A los diecisiete años se convirtió en el traductor al islandés de las novelas de Agatha Christie. Ha trabajado como periodista de informativos en la radio y la televisión públicas, imparte cursos sobre derechos de autor en la Universidad de Reikiavik y es miembro de la Crime Writers' Association de Reino Unido (CWA), además de cofundador del festival internacional de novela negra de Islandia, el Iceland Noir. Su obra ha recibido múltiples distinciones, entre las que destacan el reconocimiento a la mejor serie de novela negra por *The Independent*, *Sunday Express* y *Daily Express*, además del Dead Good Reader Award. Es autor de la sextalogía Islandia Negra, publicada en Seix Barral (*La sombra del miedo*, *La muerte blanca*, *Niebla en el alma*, *La noche eterna*, *La verdad silenciada* y *El crimen del fiordo*), que se desarrolla en el pintoresco pueblo de Siglufjördur, de donde es originaria su familia. Con *La dama* —flamante ganadora del Premio Best Novel VLCNEGRA 2023, otorgado en el marco del Festival Valencia Negra— inició su trilogía protagonizada por la sagaz policía Hulda, que verá la luz próximamente como serie televisiva de la mano de la prestigiosa CBS. *La isla* es la segunda entrega. Las novelas de Ragnar Jónasson se publican con gran éxito en más de treinta países y cuentan con más de cuatro millones de lectores.

Para Natalía, de papá

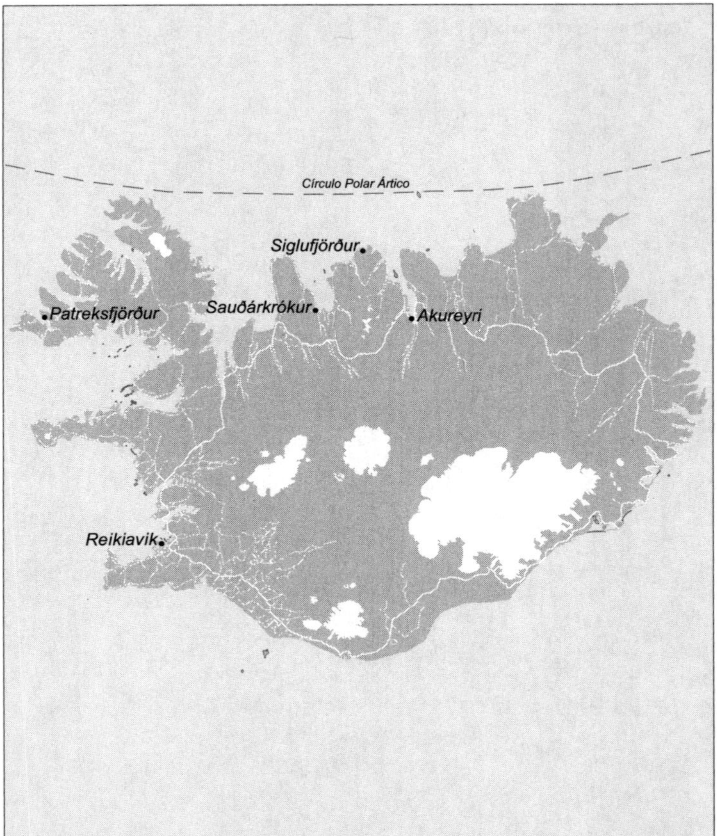
Círculo Polar Ártico
Siglufjörður
Patreksfjörður
Sauðárkrókur
Akureyri
Reikiavik

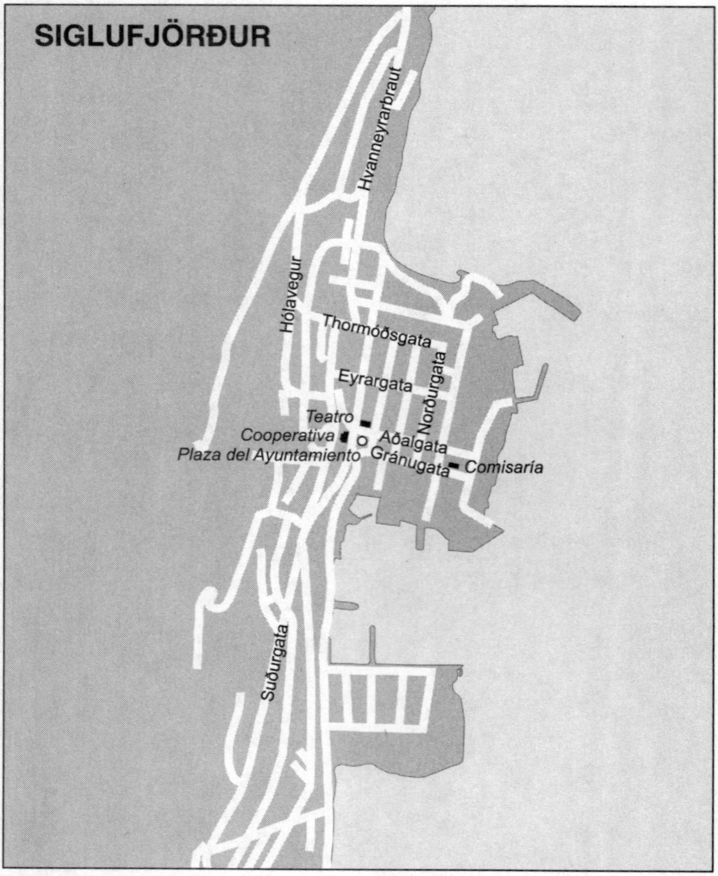
SIGLUFJÖRÐUR
Hvanneyrarbraut
Hólavegur
Thormóðsgata
Eyrargata
Norðurgata
Teatro
Cooperativa
Aðalgata
Plaza del Ayuntamiento
Gránugata
Comisaría
Suðurgata

Luego algo se reventó
en personas y borrascas,
en personas y palabras…

Þorsteinn frá Hamri
del poema «Rof»
(*Skessukatlar*, 2013)

CAPÍTULO 1

Siniestro.

Sí, ésa era la palabra; había algo siniestro en esa casa vieja y decrépita. Los muros exteriores eran grises y sombríos, sobre todo bajo esa cegadora lluvia otoñal. En cualquier caso, aquí el otoño parecía más un estado mental que una auténtica estación. El invierno había llegado pisándole los talones al verano, a finales de septiembre o primeros de octubre, como si el otoño se hubiera perdido en su camino al norte. Aun así, Herjólfur, el comisario de policía de Siglufjördur, no echaba de menos en absoluto el otoño de Reikiavik donde había crecido. Había llegado a cogerle el gusto a la luminosidad del verano norteño. También disfrutaba del invierno, de la oscuridad que lo envolvía todo y se enroscaba alrededor de sí misma como un gigantesco gato doméstico.

La casa se hallaba a poca distancia del antiguo

túnel de Strákar y, según tenía entendido Herjólfur, llevaba mucho tiempo deshabitada, ya que quedaba un poco lejos del pueblo propiamente dicho, erigido sobre el banco de gravilla junto a la costa. Cualquiera diría que se habían limitado a entregar la casa a las fuerzas de la naturaleza y que éstas la trataron con dureza.

Herjólfur tenía un especial interés en esta edificación abandonada y era algo que le angustiaba. Rara vez tenía miedo; había aprendido a apartar sentimientos de esa índole, pero ahora mismo no cabía la menor duda de que estaba inquieto. Había aparcado el coche patrulla en el arcén y vaciló antes de apearse. No debería estar de guardia ahora, pero Ari Thór, el otro policía del pueblo, tenía gripe.

Herjólfur bajó del coche y se quedó de pie inmóvil un momento, con la lluvia golpeándolo, gélida y desapacible. Su mente voló hasta el acogedor salón de la casa nueva. El traslado al norte había sido un cambio bastante brusco, pero su mujer y él habían logrado adaptarse muy bien, hasta convertir la vivienda poco a poco en un verdadero hogar. Su hija cursaba estudios universitarios en Reikiavik, pero el hijo, que había querido acompañar a sus padres al norte, ocupaba el sótano y asistía al instituto de secundaria en el pueblo vecino de Ólafsfjördur.

Al día siguiente Herjólfur libraría, siempre que Ari Thór estuviera en condiciones de reincorporarse al trabajo. En ese caso tenía la intención de darle una sorpresita a su mujer y proponerle un viaje relámpago a Reikiavik. Tenía ya reservado el vuelo desde Akureyri y había comprado entradas para el teatro. Ése era el tipo de cosas que le daba por hacer de vez en cuando, un respiro de la rutina del día a día cuando se presentaba la ocasión. Justo en este instante, en mitad de la noche y mientras estaba de servicio, ese viaje se le pasó por la cabeza a modo de tabla de salvación: una garantía de que todo iba a salir bien antes de entrar en aquella casa.

La mente le vagó de regreso a su esposa, con quien llevaba veintidós años. Se había quedado embarazada al poco de conocerse y se casaron enseguida. No había otra opción. Aquella decisión no tenía nada que ver con cuestiones religiosas, sino más bien con las tradiciones que él quería respetar: había crecido en un ambiente de formalidad y creía en la importancia de dar buen ejemplo. Además, estaban enamorados, claro. Jamás se habría casado con una mujer a quien no amara. Y luego nació su hija y se convirtió en su ojito derecho; ya tenía más de veinte años y había empezado la carrera de Psicología, por más que él hubiese intentado orientarla hacia el Derecho, que quizá la habría llevado a trabajar en la policía o al menos a tener vínculos con ese mundo. Su mundo.

El niño llegó tres años más tarde y a estas alturas ya había cumplido los diecinueve; resuelto y trabajador, estaba en su último curso de instituto. A lo mejor él sí entraría en Derecho o directamente en la Academia de Policía.

Herjólfur quería echarles un cable en todo lo que pudiese. Tenía bastante influencia dentro del cuerpo de policía y movería todos los hilos necesarios para ayudar a sus hijos a abrirse camino si elegían esta profesión. A veces resultaba demasiado insistente, pero era sólo porque estaba orgulloso de sus hijos y esperaba de todo corazón que ellos también se sintieran un poco orgullosos de él. Sabía que él había trabajado duro; había logrado alcanzar un puesto bastante bueno en un mundo difícil. Y no se podía olvidar que el trabajo conllevaba presión, demasiada presión.

La familia había salido mal parada del colapso económico de Islandia en 2008: prácticamente todos sus ahorros se evaporaron de la noche a la mañana. Fueron días difíciles, con las noches en vela; el corazón galopando en el pecho, la ansiedad eclipsando todo lo demás. Ahora, por fin, todo se iba enderezando, o eso le parecía: destino nuevo en otro sitio, y encima con un buen puesto. Aunque ninguno de los dos lo había mencionado, estaba al tanto de que Ari Thór también había solicitado el puesto de comisario. Ari Thór tenía un buen aliado en Tómas, el antiguo jefe de policía de Siglufjördur, que ahora se había trasladado a Reikiavik, pero Herjólfur también disponía de buenos contactos. Y, en fin, así es la vida: a él le ofrecieron el puesto; y a Ari Thór, no. Lo cierto es que no lograba calar a ese chaval. No era lo que se dice muy hablador y resultaba difícil adivinar lo que pensaba, así que Herjólfur no estaba seguro de si sentía algún resquemor por cómo se habían desarrollado los acontecimientos. Tampoco llevaban trabajando demasiado tiempo juntos, porque Ari Thór había sido padre a finales del año pasado, concretamente el día de Nochebuena, a raíz de lo cual tuvo cuatro meses de permiso por paternidad y luego un mes de vacaciones de verano.

Sus sentidos se agudizaron y apartó de la mente todos los pensamientos relativos a su colega mientras salía del coche y se acercaba paso a paso a la casa, con cuidado. Aún seguía ahí esa desazón.

Si llegase a haber una pelea, pensaba que podría con un hombre sin problemas, pero a duras penas con dos. No estaba en tan buena forma como antaño. Pero a lo mejor no había nadie. Sacudió la cabeza como para alejar falsas sospechas. Era casi seguro que aquel viejo lugar estaría vacío. Le sorprendía la incomodidad que sentía.

La carretera estaba desierta; en esta época del año poca gente tenía motivos para venir a Siglufjördur, y mucho menos en plena noche con un tiempo de perros. Si no recordaba mal, según el viejo calendario islandés, el primer día oficial del invierno —antigua festividad siempre señalada— caía este año en el fin de semana siguiente; la confirmación de un hecho por todos conocido, al menos en estas latitudes boreales: el invierno había llegado.

Herjólfur detuvo sus pasos al ver cómo un haz de luz aparecía fugazmente dentro de la casa, en la planta baja, como el de una linterna. Así que ahí había alguien en la sombra. O quizá más de una persona. Esta deriva le daba mala espina a Herjólfur y sus nervios se tensaron aún más.

¿Debería pegar un grito e identificarse, o intentar acercarse a hurtadillas hasta la casa y evaluar la situación?

Controló los nervios y aceleró la marcha. «No seas gallina. ¡No seas un puto gallina!» Sabía defenderse y con toda probabilidad los intrusos no irían armados.

¿O sí?

Volvió a ver el destello y esta vez el haz de luz le pegó de lleno en los ojos. Se detuvo algo asustado, más aterrado de lo que le gustaría admitir, entornando los ojos para evitar que la luz lo cegara.

—¡Policía! —voceó al fin, con tanta autoridad como pudo, dadas las circunstancias. El viento debilitó un poco la fuerza de sus palabras, pero seguro que se escucharon sin problema dentro de la casa, a través de los marcos vacíos de las ventanas—. ¡Policía! —repitió—. ¿Quién anda ahí?

Seguían enfocándolo con la luz. Pensó que tenía que apartarse, cobijarse de algún modo. Y sin embargo, titubeó, consciente en todo momento de que actuaba en contra de lo que le decían sus tripas. La autoridad siempre está del lado del agente de policía, se dijo a sí mismo; no podía permitirse retroceder o sentir la necesidad de esconderse.

Dio un paso adelante y se acercó todavía más a la casa.

Fue en ese preciso instante cuando oyó la detonación: un ensordecedor y penetrante estruendo.

CAPÍTULO 2

No era la primera vez que el llanto de un bebé despertaba a Ari Thór. Miró el reloj: eran las cinco y media de la mañana. La noche anterior se había acostado temprano, tras cuarenta y ocho horas bregando contra una gripe otoñal bastante virulenta, pero aun así era demasiado pronto para despertarse.

Kristín se quedaría en casa hoy. Acababa de reincorporarse al trabajo en el hospital de Akureyri, en jornada reducida.

Era muy meticulosa en todo lo que tenía que ver con el niño, tanto que Ari Thór pensaba a veces que exageraba. Cualquier verdura tenía que ser ecológica; nunca se podía alzar la voz en presencia de la criatura y, cuando el pequeño gateaba por los suelos, a ser posible debían estar recién fregados. Sobra decir que apenas le había permitido acercarse a su propio hijo estos últimos días por miedo a que le pegara la gripe.

El niño ya se acercaba a los diez meses, pronto cumpliría un año. No lo podían tener entre algodones eternamente. Ari Thór había sugerido a Kristín que comenzase a trabajar a jornada completa en el hospital, donde la estaban esperando debido a la galopante falta de personal médico.

Por su parte, él no podía rehuir volver al trabajo, so pena de un despido. Se había hablado de incorporar a un agente más a la policía de Siglufjördur, pero al final eso había quedado en nada: austeridad y recortes en todos lados. Un suplente enviado desde Reikiavik había sustituido a Ari Thór durante su permiso de paternidad, pero ya se había largado del pueblo.

Ser padre era, por supuesto, una vivencia única, pero no había sido ningún camino de rosas: había mucho que atender en medio de los quehaceres cotidianos, además de que el recién estrenado padre —hijo único, para más señas— tenía muy poca experiencia a la hora de cuidar a un bebé y de entrada le costó lidiar con lo básico. Y luego estaba el asunto del nombre. Como es costumbre en Islandia, no lo habían decidido antes del parto. Ari Thór había esperado algunos días después del nacimiento para volver a sacar el tema tras cierto tiempo sin mencionarlo. Sabía que iba a ser motivo de tensión entre ellos dos y la única duda era lo grave que iba a ser la bronca. Al principio, bajo el rosáceo resplandor del reciente alumbramiento del primogénito, había pensado que el nombre no importaba tanto y que a lo mejor no valía la pena enrocarse, pero pronto cambió de idea: le parecía que lo apropiado era que el hijo recibiera el nombre de su padre, Ari Thór Arason, muerto demasiado joven. «Pero en este caso le estarías poniendo a tu hijo tu propio nombre —señaló Kristín cuando la discusión volvió a salir a flote—. ¿Y qué pasa con mi padre? ¿Está bien dejar fuera al otro abuelo?»

Ari Thór decidió no mencionar lo obvio, que su padre había fallecido y que ponerle su nombre al niño sería un homenaje bien merecido. Para él era algo tremendamente importante, pero decidió evitar cualquier enfrentamiento.

La conclusión fue que Kristín sugirió el nombre de Stefnir. «Significa "el que dirige, el que abre camino". Un nombre fuerte y vigoroso», añadió, pero sin ningún vínculo con ninguna de las dos familias. Ari Thór se tomó veinticuatro horas para pensárselo; con ello quiso dar a entender una especie de protesta por su parte, aunque no estaba seguro de si esa intención había quedado lo bastante clara.

Al final aceptó la propuesta. El nombre le gustaba y probablemente ya había perdido la batalla de ponerle el del abuelo paterno.

Kristín se desveló en cuanto Ari Thór se movió en la cama. El bebé dormía en una vieja cuna en la alcoba, junto a ellos, y había comenzado a berrear a todo pulmón. Ari Thór le había comprado la cuna a un hombre del pueblo tras verla anunciada junto a otros muebles en la tabla de corcho de la tienda de la cooperativa. Aquí los negocios se hacían a la antigua usanza y, sin un Ikea a mano, los trastos viejos no se tiraban al vertedero. De todas maneras, la cuna parecía nueva y el padre primerizo había obviado mencionar a Kristín que en realidad no lo era, porque seguro que ella no lo habría aceptado.

Kristín se levantó.

—Quédate en la cama —le dijo a Ari Thór—. No quiero que contagies la gripe a Stefnir.

Él agradeció poder descansar más rato. Probablemente se vería obligado a tomarse un día más de baja médica: otra guardia extra para Herjólfur.

Conectaba sorprendentemente poco con ese nuevo superior suyo. Desde luego, era simpático y educado —faltaría más—, trabajador y concienzudo, pero algo distante. De todos modos, Ari Thór tenía que admitir para sus adentros que al principio lo había recibido con bastante frialdad, contrariado por no haber conseguido el puesto de comisario. Es probable que esos inicios pusieran su sello en lo que siguió. Al menos estaba convencido de que nunca lograría entenderse con Herjólfur tan bien como con su antiguo jefe, Tómas, que se había mudado a Reikiavik para asumir un cargo directivo dentro de la policía de la capital. Tómas le había preguntado más de una vez, aunque de manera informal, si no estaba dispuesto a trasladarse pronto a la capital y solicitar un puesto allí. Esas palabras insinuaban que una plaza así estaría disponible. Ari Thór se moría de ganas de probarlo y en una ocasión lo había sacado a relucir ante Kristín. Ella no puso mala cara, aunque replicó que no podía fallar a sus jefes del hospital de Akureyri, ya que les había prometido que trabajaría allí al menos otro año. «Lo pensaremos el año que viene —dijo antes de agregar sonriente—: De todos modos, esta vida de pueblecito no está tan mal; además, el aire del mar debe de ser bueno para Stefnir.» Ari Thór nunca sabía a ciencia cierta en qué punto estaba ella: al principio no aguantaba Siglufjördur y ahora no quería largarse de aquí.

Ari Thór volvió a despertarse con el timbre del teléfono. Kristín se había llevado al niño abajo, así que la llamada rompió la infrecuente tranquilidad matinal de una familia con bebé. Extendió la mano con los ojos cerrados para coger el móvil, que siempre estaba en el mismo sitio, encima de la mesilla, encendido día y noche, estuviera él o no de guardia. No quedaba otra en una comisaría que iba corta de personal en un municipio pequeño.

Seguramente era Herjólfur para interesarse por él y averiguar si estaba lo bastante recuperado como para acudir al trabajo. Aunque el comisario no era muy hablador, Ari Thór se había enterado de que él y su esposa, Helena, tenían planeado hacer un viajecito a Reikiavik. No eran muy dados a las actividades al aire libre, le dijo una vez su jefe; por ejemplo, nunca iban a esquiar pese a que había unas pistas bastante buenas a tiro de piedra del pueblo. Ahora, en cambio, el plan era acercarse a la capital para ir al teatro, había dicho Herjólfur, y necesitaba que él se sacudiera la gripe de encima.

Contestó sin mirar la pantalla de su móvil y se sobresaltó al oír una voz femenina. Obviamente no era Herjólfur.

—Buenos días, Ari Thór… —La voz temblaba, una voz que él no era capaz de reconocer—. Espero no haberte despertado.

Un brevísimo silencio.

—¿Hola? —dijo él—. ¿Con quién hablo?

—Soy Helena, la mujer de Herjólfur.

Ari Thór se incorporó en la cama; vio que eran algo más de las seis, le habría ido bien un poco más en la cama.

—Hola —repitió, sorprendido por la llamada.

—Estoy… —titubeó—. Estoy buscando a Herjólfur.

—¿Buscando a Herjólfur?

—No ha vuelto a casa; salió esta madrugada, creo. Es todo lo que sé; estaba medio dormida. El caso es que no ha vuelto. He probado a llamar a su móvil, pero no contesta.

—¿No habrá bajado a la comisaría? —preguntó Ari Thór—. Seguramente contaba con cubrir mi baja también hoy. He estado con la maldita gripe.

—También he llamado allí —contestó Helena—. Y nada.

Eso, desde luego, era raro.

—Voy a intentar llamarlo y, si no lo coge, saldré un rato a dar una vuelta por el pueblo a ver si veo el coche patrulla.

—Entonces, ¿tampoco has sabido nada de él? —preguntó Helena, pese a que la respuesta resultaba obvia.

—Me temo que no. Déjalo en mis manos y luego te llamo —dijo Ari Thór en tono firme, y colgó.

A continuación, llamó al móvil de Herjólfur, sin resultado. Era un fastidio tener que levantarse en su estado, pero no le quedaba otra.

Se vistió, aunque sin ponerse el uniforme de policía completo, y se arrastró escaleras abajo. Kristín estaba sentada en la cocina dándole una papilla a Stefnir, que parecía comer con buen apetito.

—Tengo que salir un momento. Cojo prestado el coche.

Se trataba del único vehículo de la familia; un automóvil de Kristín que se usaba más que nada para los traslados entre Siglufjördur y Akureyri.

—¿Tienes que salir? —Lo miró con cara de sorpresa—. ¿No estabas enfermo?

—Sí, pero Herjólfur está... —Ari Thór no estaba seguro de cómo acabar esa frase—. Por lo visto ha desaparecido —dijo al final.

—¿Desaparecido? —Kristín sonrió y él reparó en lo absurdo que sonaba que él, enfermo como estaba, saliera a buscar a un hombre adulto en un pueblecito—. ¿Has perdido a todo un agente de policía?

El niño también sonrió; todos salvo Ari Thór parecían ver algo gracioso en esto.

—No tardaré, cariño.

La noche estaba dando paso al día en el pequeño pueblo.

Ari Thór bajó hasta la comisaría para asegurarse de que el coche patrulla no estaba allí. Incluso entró para no quedarse con la más mínima duda, pero allí no había ni rastro de Herjólfur. Debía de haber una explicación lógica, aunque tuvo que admitir que por el momento no se le ocurría ninguna. Condujo despacio por el centro del pueblo para a continuación ampliar el recorrido y encaminarse por las vías que cruzaban la calle Adalgata o discurrían en paralelo a ella; no vio el coche patrulla por ningún lado. Antes de recorrer otras calles del pueblo, pensó que mejor se acercaba primero a las dos únicas carreteras que salían del pueblo, la que iba al viejo túnel de Strákar y luego la que se dirigía al nuevo de Hédinsfjördur.

Notaba que a duras penas era capaz de conducir, continuaba medio dormido, con legañas en los ojos, constipado y débil. Aun así reaccionó rápido al avistar de repente el coche patrulla estacionado en el arcén a poca distancia del túnel de Strákar, junto a la vieja casa decrépita de hormigón que llevaba desocupada y semiderruida desde que él se había mudado al norte. La habían construido casi al borde de un acantilado que se precipitaba hasta el mar; no era lo que se dice la mejor ubicación para un edificio.

De inmediato le asaltó la sensación de que algo no iba bien. Y aún más: tuvo la certeza de que a Herjólfur le había pasado algo. Notó cómo la adrenalina le recorría el cuerpo, aportándole fuerzas añadidas, las suficientes para sobreponerse unos instantes a la gripe y pensar con claridad. Aparcó su automóvil detrás del vehículo policial. Antes que nada, se acercó a ver si Herjólfur se encontraba en el interior del coche patrulla. Resultó que no y su preocupación se agudizó. Ari Thór contempló el paisaje que le rodeaba: la alta montaña en la cual se había prácticamente tallado la carretera, con el mar al otro lado. Casi no había sitio para aquella casa en ese lado del camino, en lo que era una especie de vertedero, y, más allá, sólo había una caída vertical al frío mar del Norte. A primera vista, tampoco observó ningún indicio de la presencia de otras personas en el lugar, aunque era obvio que la lluvia y la oscuridad le entorpecían la visión. La casa se hallaba totalmente a oscuras y no lograba ver a Herjólfur por ningún lado. Se acercó al edificio a paso ligero y estaba a punto de llamar a su compañero, alzar la voz contra el viento, pero no hizo falta.

Sobre la gravilla, a poquísimos metros de la fría casa, yacía un hombre con uniforme de policía, inmóvil. Ari Thór sacó su linterna y alumbró con ella para cerciorarse de que se trataba de Herjólfur, y dio un respingo al ver la sangre. Se quedó paralizado un segundo, sin dar crédito a lo que veían sus ojos; luego se inclinó instintivamente sobre su colega para buscarle el pulso, al tiempo que se le pasaba por la cabeza que quizá él también estaba en peligro. ¿Debía largarse lo antes posible y llamar desde el coche a una ambulancia?

Le notó un pulso débil. Muy débil. Tal vez se engañaba, puede que sólo percibiera lo que ansiaba notar.

De inmediato se puso en contacto con emergencias para solicitar que una ambulancia acudiese al lugar en el acto. Había poca distancia que recorrer, el hospital estaba a la vuelta de la esquina. Explicó la situación de forma tan clara y explícita como pudo:

—¿Está vivo? —le preguntaron.

—Creo que sí —contestó en voz baja, para al momento repetir, más alto y con mayor determinación—: Creo que sí.

Más no pudo decir sin especular, ya que desconocía la naturaleza de las heridas.

Su instinto seguía gritándole que se largase de allí, que buscara cobijo, pero no podía abandonar a Herjólfur a su suerte, era incapaz. Se sentó en la gravilla a su lado, suspiró y miró alrededor. No vio a nadie. El fiordo estaba inusualmente tenebroso esta mañana. Ésta era una época del año oscura; el sol resultaba un visitante infrecuente, y sólo faltaban unas pocas semanas para que se ocultara del todo detrás de las montañas y no se dejara ver durante dos largos meses.

Vio luces intermitentes en la distancia y, sin pararse a pensarlo, agarró la manaza tosca de Herjólfur:

—Ya llegan —susurró—. Saldrás de ésta.

Estaba seguro de que no le oía, pero le pareció que tenía que decir algo.

Y en ese instante se le pasó por la cabeza una idea incómoda, al darse cuenta de que esto podría significar una oportunidad para él. Intentó apartar ese pensamiento con todas sus fuerzas, pero eso sólo producía el efecto contrario: si Herjólfur no volvía al trabajo, el puesto de comisario recaería en él.

Por fin me han dado un lápiz y un cuaderno. Un lápiz amarillo, con la punta mal afilada, y un viejo bloc de notas que alguien ha usado antes que yo. Las primeras hojas las han arrancado de mala manera. ¿Habrá intentado alguien superar sus problemas y su malestar a través de la escritura, como yo? A lo mejor, ahí hubo en su día bonitos dibujos; la vista al patio sin pretensiones convertida en arte; si es que eso era posible. Hay cosas que son tan grises y frías que no existen colores capaces de insuflarles vida.

Me siento un poco mejor ahora, pudiendo garabatear algo en papel. Me cuesta explicar los motivos exactos. Escribir nunca me ha gustado particularmente. Es ahora cuando me parece que puede salvarme la vida, en sentido literal. Creo que lo que escriba en el cuaderno no tiene la menor importancia. Tal vez algo sobre los hechos precedentes, mi estado de ánimo o mi monótona existencia entre estas paredes. Cualquier cosa para no volverme loco.

Apenas he dormido nada estas dos últimas noches. Hay claridad fuera prácticamente las veinticuatro horas del día y las gruesas cortinas no sirven de mucho; el sol se cuela por los laterales y me mantiene desvelado. Al parecer, mi compañero de cuarto no permite que la luz le moleste y duerme como un tronco toda la noche. Ni siquiera se le oye. Lo cierto es que resulta casi igual de silencioso durante el día: apenas dice nada, no malgasta las palabras. Eso de entrada me había parecido bien; pero, a decir verdad, sería bastante mejor tener a alguien con quien charlar.

Por supuesto, habría podido hablar un poco más con Ása, la enfermera, y sin embargo, confieso que no tengo ganas. Eso sí, ella me ha conseguido el cuaderno y el lápiz, eso hay que reconocérselo, pero hay algo en ella que echa para atrás. Algo en su mirada me provoca rechazo y hace que no me fíe de ella. No digo que ahora mismo sea del todo capaz de juzgar este tipo de cosas, pero de todos modos tengo que fiarme de lo que me dicen mis tripas.

Hace ya un buen rato que han apagado las luces y, no obstante, aquí sigo, tumbado en la penumbra escribiendo. He descorrido las cortinas un poco para que entre algo más de luz. Eso no ha perturbado la tranquilidad de mi compañero de cuarto, como tampoco el rasgueo del lápiz al deslizarse sobre las hojas.

Noto el cansancio con cada palabra que escribo. Ya era hora. Una sensación largamente deseada. A lo mejor he logrado sobreponerme al fin a esta claridad nocturna, con el mero hecho de entregarme a ella.

Nada más por ahora. Ahora voy a cerrar las cortinas e intentar relajarme.

CAPÍTULO 3

Gunnar Gunnarsson había tenido que mover muchísimos hilos para lograr ese puesto.

Hacía algunos meses que había sido contratado como alcalde gestor del nuevo municipio unido de Siglufjördur y Ólafsfjördur, y hasta ahora no había metido la pata en nada, lo que le había hecho crearse una imagen de funcionario joven y sólido. Tenía buena presencia, iba pulcramente vestido, acudía al trabajo todos los días y gestionaba la municipalidad con resolución. Sobra decir que ya había tenido sus más y sus menos con varios grupos de intereses creados, como cabía esperar. La buena marcha financiera de individuos y empresas no siempre coincidía con la del ayuntamiento y, en ese sentido, lo más conflictivo a menudo era la planificación urbanística.

A través de los inocentes ojos de sus propios hijos —a los que, por cierto, veía demasiado poco—

Gunnar había advertido una clara distinción entre el mal y el bien, entre lo correcto y lo incorrecto. La gente era buena o mala. Luego con los años, la línea divisoria se va difuminando.

A grandes rasgos, era un buen tipo, aunque a esas alturas ya podía tener uno o dos esqueletos en el armario y no todos sus asuntos aguantaban ya la luz del día. Y esa llamada telefónica que acababa de recibir lo había sacudido de una manera incómoda, despertándolo al hecho de que tenía que hacer enmienda.

Por supuesto, podía aducir ciertas circunstancias atenuantes. Eran tiempos difíciles. Su mujer se había mudado a Noruega con sus dos hijos, aunque no estaban divorciados; el divorcio era una palabra que no se podía mentar entre ellos, pero, con cada día que pasaba, esa posibilidad se acercaba más y más. Su esposa era médica y había tenido la oportunidad de trabajar en un hospital de un barrio residencial de Oslo. Gunnar se mudó al extranjero junto a la familia y durante medio año trató de encontrar un empleo adecuado, pero resultó difícil: una licenciatura en Ciencias Políticas por una universidad islandesa no abría demasiadas puertas en Oslo. Y, aun con los ánimos que le daba su mujer, rechazaba de plano convertirse en un amo de casa, por más que ella no se cansara de recordarle que su sueldo, en preciosas coronas noruegas, bastaba con creces para mantenerlos a ellos dos y a los niños.

Ese día Gunnar se había levantado al alba, o mejor dicho, no había pegado ojo: algunas noches dormirse era una quimera, un sueño lejano, aunque se acostara como hizo la noche previa. De todos modos, ya había tenido otras noches de insomnio sin que sus colaboradores en el ayuntamiento se dieran cuenta, así que no le inquietaba no poder disimularlo. Salvo a Elín, por supuesto; a ella no podía ocultarle nada, aunque eso no sería un problema.

Elín lo seguía como su sombra. Habían coincidido en la facultad antes de trabajar juntos como periodistas. Por encima de todo eran amigos, y esa amistad no había tenido un buen efecto sobre su matrimonio, que se diga. Su mujer siempre sacaba a relucir una mirada de desconfianza cuando el nombre de Elín salía en la conversación, como si diera por sentado que él estaba enamorado de ella y que se acostaban juntos. Gunnar admitía para sus adentros —e incluso delante de terceros— que Elín era impresionantemente guapa, inteligente y encantadora, pero hasta ahora había resistido la tentación. Siempre había dado por hecho que ella estaría dispuesta si él mostrase interés, y había creído ver un sinfín de indicios de ello a lo largo de los años. Desde luego, jamás le había faltado confianza en sí mismo.

Ahora su matrimonio pasaba por su peor momento: con mil seiscientos kilómetros y todo un océano entre su mujer y él, la comunicación se complicaba, con ambos irritables y algo amargados. En estas circunstancias, a duras penas se podía exigir que fuera totalmente fiel a su esposa, al menos no en lo que respecta a la carne. Y, además, se daba la feliz coincidencia de que Elín estaba sin pareja estos días.

Le ofreció el puesto de teniente de alcalde en cuanto la alcaldía fue suya. Primero tuvo que despedir al vicealcalde en ejercicio, un hombre con fuertes lazos con la mayoría anterior; a la nueva mayoría municipal le vino bien librarse de él y Gunnar se metió en esa pelea con gusto. No tenía intención de mudarse en solitario al norte; tenía que llevarse a algún aliado y ahí Elín encabezaba la lista.

El cargo de alcalde no era exactamente su trabajo ideal, aunque tampoco una bagatela. El empleo venía acompañado de poder y un sueldo aceptable, y, sobre todo, de una experiencia que podía serle útil más adelante. Él mismo había tenido la iniciativa de optar al puesto; un buen amigo de siempre había logrado un escaño en el ayuntamiento y había entrado a formar parte de la mayoría. Cuando se puso en contacto con él, se enteró de que había planes de contratar a un alcalde gestor profesional y el fichaje de Gunnar les vino a ambos como anillo al dedo: él conseguía un trabajo que muchos otros habrían querido, y el concejal, su colega, lograba un alcalde en el que podía confiar e incluso controlar entre bambalinas.

Eso sí, tuvieron que adornar la verdad un poco para garantizar al cien por cien la contratación. Durante esos seis meses que Gunnar había morado en el paraíso residencial de Oslo, había solicitado entrar como becario en la Administración General del Estado noruego. Su solicitud salió adelante, aunque eso no le pareció un gran logro: probablemente contestaban que sí a cualquiera que buscase trabajar sin cobrar. Lo destinaron a un puesto en un ministerio ubicado en el centro de la ciudad, entre universitarios que eran todos más jóvenes que él. El hecho de que los trabajos resultaran anodinos y su noruego no fuese tan bueno como había asegurado en su solicitud hizo su estancia aún más tediosa. En cambio, a la hora de componer su currículo para optar al cargo de alcalde, cargó las tintas en la descripción de esa etapa de su vida: las prácticas se convirtieron en empleo, y un mes se transformó en un periodo sin especificar bajo la etiqueta de «asesoramiento en el ámbito de la Administración pública». Por lo visto, esta experiencia de Noruega tuvo un efecto positivo, según supo Gunnar más tarde, a la hora de darle el puesto.

Aun así, nunca habría elegido Siglufjördur y Ólafsfjördur si hubiese existido la alternativa de un municipio más grande. Carecía de raíces familiares en el norte y no tenía ningún vínculo con estos dos pueblos, pero a lo mejor precisamente por eso les había venido bien como alcalde, porque no llegaba moldeado por la tradición, la historia y el politiqueo local o por antiguas desavenencias.

Ya estaba instalado en una vivienda de alquiler en Siglufjördur, un chalet en la parte nueva del pueblo, a la sombra de los muros de protección contra las avalanchas de nieve. A pesar de no haber experimentado todavía las enormes acumulaciones de nieve invernal, estas gigantescas murallas le daban cierta sensación de seguridad. Mucha gente le había comentado lo relajante que debía de ser mudarse a provincias, a una pequeña localidad, con el océano y las altas montañas por vecinos. Solía asentir con la cabeza y sonreír, aunque no terminaba de comprender qué tenían de fascinante la escasa población, el aislamiento y el frío.

Se encontraba sentado desnudo a la mesa de la cocina, recién levantado, bebiendo a sorbos un café solo y mirando por la ventana. Ventarrón y chuzos de punta: no existía otra manera de describir el tiempo. No había forma de darle un eco más romántico a aquella «bucólica vida» que se traía entre manos. En días así no tenía ni la más mínima gana de salir de casa. Tenía claro que aquí no iba a echar raíces. Cuatro años serían suficientes —una legislatura— y luego conseguiría un cargo aún mejor, a ser posible mucho más cerca de la capital o incluso en el extranjero. Para ello, claro, tendría que mantener la cabeza fría y hacer un buen trabajo mientras estuviese allí. De todos modos, ¿qué podía torcerse en la gestión de un municipio así? No, el peligro no estaba ahí; sólo debía tener cuidado de no meter la pata en su vida privada. Mantener oculto lo que debía permanecer oculto. En eso él era a veces su peor enemigo.

Y otra vez le vino a la cabeza la llamada de ese inspector de policía. Eran precisamente pelmazos como él los que podían echarlo todo a perder.

CAPÍTULO 4

Ari Thór se encontraba de pie en uno de los pasillos del hospital.

Herjólfur había recibido un tiro de escopeta a quemarropa, el médico decía que era prácticamente un milagro que hubiera sobrevivido. Ari Thór casi no se podía creer que le hubieran disparado en acto de servicio; daba por hecho que algo así no podía suceder en una comunidad tan pequeña, pero había muy pocas posibilidades de que se tratase de un disparo accidental, porque en aquella zona no se practicaba la caza de ningún tipo y, además, un cazador seguramente habría informado de un incidente de ese tipo. Era todo muy irreal, inquietante. Sin duda la prensa le hincaría el diente al caso y dificultaría aún más la investigación.

Ari Thór enseguida había comprendido que haría falta traer a un agente de fuera para investigar el tiroteo, o al menos confiaba en ello; el subordinado de la víctima no era la persona idónea para dirigir semejante investigación. Una conversación telefónica a primera hora de la mañana con el comisario jefe de Akureyri confirmó ese extremo. «Correcto. Debemos asignar a alguien que se haga cargo de la investigación, pero quiero que tú también participes en ella», había dicho su interlocutor.

Por su parte, Ari Thór tenía ideas propias sobre quién sería el candidato ideal para encargarse del asunto y se tomó la libertad de compartir su sugerencia con el comisario jefe.

Un agente de Ólafsfjördur hizo acto de presencia rápidamente y se ocupó de montar guardia en el escenario de los hechos hasta que llegasen más policías.

Herjólfur no había muerto. Al menos no aún, creyó deducir de la cara del doctor que hacía todo lo que estaba en sus manos para mantener al comisario con vida. Se había solicitado un avión medicalizado para trasladar a la víctima al Hospital Nacional de Reikiavik.

El jefe de policía de Akureyri había encomendado a Ari Thór una tarea importante, algo que le aterraba. Por eso se encontraba en el pasillo del hospital como un pasmarote, intentando convencerse a sí mismo de que era mejor esperar un poco, obtener información más detallada y más exacta sobre el estado de Herjólfur, aunque en el fondo sabía que no podía seguir retrasándolo. Los rumores volaban a toda velocidad por el pueblo y llegarían a los oídos de los medios y de ningún modo podía permitir que la mujer de Herjólfur se enterara de este tremendo suceso por las noticias.

Se le pasó por la cabeza ponerse en contacto con un viejo conocido suyo: el reverendo Eggert, el sacerdote del pueblo. Estuvo a punto de sacar el móvil, pero luego cambió de idea: Herjólfur seguía con vida y la presencia del reverendo enviaría un mensaje equivocado a la familia.

Cuando salió del hospital, el pueblo comenzaba a despertar a la vida, aunque hacía un día tan horrible que a buen seguro nadie mostraría demasiada prisa por salir de casa. Ari Thór jamás se acostumbraría a ese viento del norte, a ese frío y a esa lluvia. Si la temperatura caía un par de grados, la lluvia se convertiría en una copiosa nevada.

A Ari Thór casi le daba vergüenza lo poco que sabía de la familia de Herjólfur; al menos recordaba cómo se llamaba su mujer —Helena—, aunque nunca la había visto. De hecho, esa mañana había sido la primera vez que hablaba con ella, aunque fuese en circunstancias tan inusuales como aquéllas. ¿Y cuántos hijos tenía Herjólfur? Había mencionado de pasada que tenía hijos, pero Ari Thór no sabía si eran dos o más, ni de qué edades. De todas formas, seguramente estaban bastante crecíditos ya. Herjólfur nunca se mostraba muy hablador y Ari Thór debía admitir que había hecho poco para intentar llegar a conocerlo. Sabía que no podía culpar a Herjólfur de que no le dieran a él el puesto de comisario y, aun así, había decidido —quizá más de manera inconsciente que consciente— mantener su relación con él dentro de un tono formal y profesional. Nunca descortés, pero tampoco demasiado amistoso.

Titubeó un segundo frente a la puerta de la casa, retrasando el momento de llamar al timbre. La lluvia había ganado intensidad y el viento arreciaba. En días como aquél era fácil olvidar la belleza del anillo de montañas que los rodeaba y del fiordo.

De pronto se sintió abrumado y su mente viajó quince años atrás en el tiempo. En aquella ocasión también llovía y hacía viento. Al volver del cole, el niño Ari Thór se encontró con un coche de policía en el vado de delante de su casa. Se quedó de piedra unos segundos, bajo la lluvia, ganando algo de tiempo, justo como ahora. Sospechaba que la policía traía malas nuevas y esa sospecha resultó cierta. Los policías de entonces —uno, joven y callado; el otro, visiblemente más experimentado, de voz grave y gesto ceñudo— bien podrían haber sido Ari Thór y Tómas. No había sido capaz de retener las lágrimas, ya calado por la lluvia.

Y ahora revivía aquellos dolorosos recuerdos casi como si fueran una película, fotograma por fotograma: los rememoraba con una claridad terrible.

A veces era mejor olvidar.

Estaba sentado en el sofá cuando le informaron de lo sucedido. Había supuesto que eran malas noticias sobre su padre, que había desaparecido hacía poco sin dejar rastro, pero en vez de eso le comunicaron que su madre había fallecido en un accidente de coche. La conmoción fue indescriptible; todo cambió en un abrir y cerrar de ojos. El chico —de trece años, todavía sólo un niño— se hizo adulto de golpe. Huérfano de ahí en adelante. Aún no se había recuperado, seguía tratando de superarlo.

Y ahora se hallaba ahí, de pie, calado hasta los huesos, a merced de la lluvia y el viento, con los papeles cambiados. Ahora él era el policía de las malas noticias; en el instante que llamase al timbre no habría vuelta atrás. El mundo nunca volvería a ser el mismo.

El chaval que acudió a abrir tenía que ser hijo de Herjólfur. Alto, de facciones marcadas, de unos veinte años, y un parecido con su padre que saltaba a la vista. Con gesto serio, como si supiera lo que iba a pasar, condujo a Ari Thór hasta el salón sin abrir la boca.

El salón era bastante feo, de un modo inconcreto, con muebles que no pegaban unos con otros y una apariencia fría e impersonal. «Una casa, pero no un hogar», fue lo primero que se le pasó por la cabeza a Ari Thór. Lo único cálido del salón era un viejo piano negro.

Una mujer de mediana edad estaba sentada en un sofá; tenía que ser Helena, la esposa de Herjólfur. Era un sofá blanco, de piel, prácticamente nuevo, pero su estilo no casaba con ninguna otra cosa del salón, y para colmo parecía incómodo. Ella no se levantó al entrar Ari Thór, permaneció inmóvil, con una manta grande roja cubriéndole las piernas; se limitó a echarle una ojeada con la mirada vacía.

El policía procuró escoger las palabras con esmero, pero le costaba concentrarse; habría preferido estar en cualquier otra parte y ahorrarse el traerle a la familia esas terribles nuevas. Por fin lo soltó sin rodeos, tartamudeando y titubeante:

—Me temo que Herjólfur se encuentra en el hospital... Es de cierta gravedad; parece que ha... —no sabía cuál era el mejor modo de rematar aquella frase— recibido un disparo accidental.

Helena permaneció inalterable. Ari Thór echó un ojo al hijo, que de entrada se quedó de pie paralizado, pero acabó sentándose al lado de su madre y agarrándole la mano con fuerza. Un espasmo de dolor centelleó en el rostro de la mujer mientras se retorcía para ponerse de cara a él y movía una pierna de manera extraña por debajo de la manta roja.

Ari Thór esperó alguna reacción, sumidos los tres en un agobiante silencio; luego carraspeó y continuó:

—Continúa inconsciente y supongo que lo trasladarán en avión medicalizado a Reikiavik, probablemente en los próximos minutos. Había un avión disponible en Akureyri. Lo más seguro es que ya haya aterrizado en el aeródromo de aquí. —Se quedó callado un momento, antes de añadir—: ¿Queréis que averigüe si lo podéis acompañar en el avión?

Helena negó con la cabeza:

—No me veo capaz —dijo al final. Miró a su hijo—. Tienes que llamar a tu hermana.

«Así que dos hijos», pensó Ari Thór. Esperó, pero ni Helena ni su hijo dijeron nada y le dio la impresión de que estaban deseando perderlo de vista.

Estaba a punto de despedirse cuando la mujer preguntó de repente:

—¿Un disparo accidental?

—Parece haber recibido el disparo de una escopeta —dijo Ari Thór—. A corta distancia.

—¿Y de quién? —inquirió ella, con la mirada perdida.

—No está claro, pero lo averiguaremos. No te preocupes.

Ella continuó preguntando, en voz baja:

—¿Dónde ha ocurrido?

—Junto a una casa vieja, en el camino del antiguo túnel… El de Strákar.

—¿Una casa vieja? —Lo miró con ojos interrogantes.

—Sí, una casa abandonada.

—Ah, sí; aquélla… —dijo de forma vacilante—. ¿Y qué demonios estaba haciendo allí?

Ari Thór se quedó callado un rato antes de contestar, mientras se le pasaba por la cabeza: «Ojalá lo supiera».

—Estamos intentando llegar al fondo del asunto —dijo con firmeza. Empezaba a sentirse mal allí dentro. Se acordaba perfectamente de que su mayor deseo en aquella ocasión, cuando los policías comunicaron la noticia de la muerte de su madre, era librarse de ellos y que le dejaran asimilar el hecho en paz—. Sé que esto tiene que ser un tremendo golpe —continuó por decir algo—. Por favor, poneos en contacto conmigo si hay algo que pueda hacer… Os informaré en cuanto haya alguna novedad.

Helena lo miró con cara triste, pero no dijo nada. Tenía las facciones delgadas y marcadas y una melena negra que le llegaba hasta los hombros. Alguien a quien no se olvida así como así.

—Puedo pedir al reverendo que os venga a visitar —dijo Ari Thór—. Puede ayudaros a afrontar todo esto —agregó, en contra de su propia convicción.

Nadie había logrado hacerle más llevadera la pérdida de su madre; tampoco la desaparición de su padre. Ni los sacerdotes ni nadie. Y probablemente había perdido la fe en los poderes celestiales aquel día de lluvia de triste recuerdo, cuando tuvo noticias del destino de su madre.

—Gracias, pero no hace falta —metió al fin baza el hijo de Herjólfur—. No somos muy religiosos.

Ari Thór asintió con la cabeza y esbozó una débil sonrisa.

No se despidió formalmente, sino que salió sin hacer ruido; nadie lo acompañó hasta la puerta. Cerró con cuidado tras de sí y se dirigió a grandes zancadas al coche; no le pareció apropiado correr. Entonces oyó que se abría la puerta y alguien lo llamaba en voz baja:

—Oye… Ari Thór…

Se dio la vuelta. El hijo de Herjólfur asomaba en el umbral, ceñudo. Esperó a que el policía se acercara y le tendió la mano.

—Perdona… Como habrás imaginado, soy el hijo de Herjólfur. También me llamo Herjólfur.

Ari Thór aceptó la mano extendida. El apretón resultó firme y decidido. El policía estuvo a punto de darle el pésame, pero consiguió evitarlo en el último instante. Eso sería bajar los brazos demasiado pronto, como si toda esperanza estuviera perdida. En su lugar dijo:

—Todo esto es terrible; sé cómo te sientes.

La cara que puso el chico dejó claro que eso lo dudaba mucho.

—Creo que sé qué hacía allí mi padre, junto a aquella casa.

—¿Ah, sí? —respondió Ari Thór, sinceramente sorprendido e interesado.

—Me lo contó el otro día; dijo que la casa tenía algo que ver con un caso que estaba investigando. Pero tú seguramente ya sabrás todo eso…

Ari Thór se quedó atónito.

—Pues… —dijo indeciso, sin querer admitir que Herjólfur había decidido no compartir con él la información. Optó por callar y dejar que el silencio trabajara para él.

—Era un caso de drogas —continuó el joven Herjólfur finalmente.

—¿Drogas?

—Sí, hay gente que se reúne allí a veces para trapichear, ¿entiendes?…

—Ya veo.

—Mi padre pensó que a lo mejor yo podía ayudarlo. Quería saber si los chavales del instituto estaban al tanto. Yo voy al instituto en Ólafsfjördur; me gradúo esta primavera.

Ari Thór aguardó la continuación.

—Pero yo no sabía nada. Nadie va a confiarle ese tipo de cosas al hijo de un poli.

—Sí, lo entiendo —dijo Ari Thór.

—Hay algo… algo delicado relacionado con esta investigación. Eso dijo mi padre —agregó el joven Herjólfur.

—¿Algo delicado? ¿Qué quieres decir con eso? —preguntó Ari Thór, con innecesaria brusquedad.

—Alguna conexión política. O al menos eso entendí.

Ari Thór se calló, con la esperanza de que Herjólfur siguiera con su relato, pero no parecía tener más que decir.

—¿Te dijo algo más? —inquirió al fin.

—Me temo que no.

Herjólfur agachó la cabeza.

Ari Thór le agradeció la información, se despidió y volvió a encaminarse al automóvil. Echó un rápido vistazo hacia atrás antes de ponerse al volante. Herjólfur júnior había desaparecido; la puerta de la gran casa unifamiliar ya se había cerrado. Los cielos lloraban. Se sintió agradecido por haber salido de la casa, por haber cumplido con su deber, por haberse alejado lo suficiente de la pena, por ahora. Aun así sabía perfectamente que esto sólo era el principio.

Todavía es de noche, pero me las he apañado para echar una cabezadita.

Llegué al hospital por la noche, ya tarde, medio desfallecido, y en el fondo sólo quería regresar a casa, hacerme un ovillo en la cama y dormirme. Por supuesto que podría haber intentado negarme a que me ingresaran, pero a mi padre se le había metido entre ceja y ceja, estaba completamente decidido, y no es un hombre que acepte un no por respuesta.

Esa noche sigue envuelta en una especie de bruma y, aun así, recuerdo algunas cosas. Me recibió el médico de guardia: Helgi. Se mostró simpático pero firme y apoyó la sugerencia de que debería quedarme ingresado. Mi padre también fue muy convincente, como de costumbre, y yo no protesté.

Es un hombre joven, el médico; a lo mejor, unos quince años mayor que yo; le calculo unos treinta y cinco. Su voz era grave y categórica.

—¿Cuánto tiempo tengo que estar aquí? —pregunté.

Él debería haber contestado: «Hasta que quieras salir», ésa habría sido la respuesta correcta. En cambio, dijo: «Todo el que necesites», y la cara que puso daba a entender que se creía mejor que yo. Mucho mejor. Me sentí como si me quitaran toda capacidad de decisión. Y así sigo todavía. Como un noctámbulo, sin voluntad, atrapado en mi propio cuerpo.

Luego me sacaron una muestra de sangre.

Estoy en la primera planta; lo veo por la ventana. También creo recordar cómo llegué aquí arriba. Me acompañaron por un largo pasillo, incómodamente largo, me pareció, y luego hacia arriba por unas escaleras. Las paredes de las escaleras me recordaban a la lava áspera; no, la superficie era puntiaguda, en realidad. Peligrosísimas si se chocaba contra ellas. Suena a los delirios de una mente desequilibrada, pero así era. De hecho, recuerdo haber pensado: «Si sigo queriendo hacerme daño en serio, debería lanzarme contra una de estas putas paredes». Pero no lo hice. A lo mejor porque estaba demasiado cansado, demasiado mustio, demasiado asustado. A lo mejor porque nunca había tenido intención de quitarme la vida. Unos cuantos cortes superficiales en la parte interior del brazo, un intento de suicidio medio fracasado, pero suficiente para que mi padre se pusiera hecho una furia y que mi madre sufriera una especie de ataque de nervios.

Aunque no tengo ganas de estar aquí, me voy a

aguantar. Quizá todo esto sea para bien. Lo mejor que te ha podido pasar, visto lo visto, dijo mi padre. Tal vez tenga razón, pero en el fondo temo que más bien sea justo lo contrario.

CAPÍTULO 5

—¿Sabes, muchacho, que ésta es la primera vez que vuelvo aquí a Siglufjördur desde que vendimos la casa? —dijo Tómas, mientras intentaba acoplarse mejor a la incómoda silla.

Había reaccionado deprisa y a mediodía ya se encontraba en el norte. Estaban sentados en el rincón del café de la comisaría, igual que en los viejos tiempos y Ari Thór notó el pellizco de la nostalgia. Aunque había ido a por todas al solicitar el puesto de comisario cuando Tómas se mudó a Reikiavik, habría preferido seguir como antes y continuar trabajando codo con codo con él, al menos algunos años más. Hacían buen equipo. Tómas era paciente y buen maestro, aunque a veces todo un cabezota. No fue un cambio a mejor cuando se largó y Herjólfur lo sustituyó en su puesto.

—De camino a la comisaría he pasado con el

coche por delante de mi antigua casa —comentó Tómas sosegadamente. En ocasiones hablaba con incómoda lentitud y ponderación; nunca se le escapaba ninguna palabra sin querer—. Ha sido raro, ya te digo. Ese médico que nos compró la casa se ha instalado bien. Tenía nuevas cortinas en las ventanas, y eso que dejamos unas carísimas y de primera calidad. Y ha ampliado la veranda y construido un muro cortavientos. Hasta me ha parecido ver un *jacuzzi*. ¡Un *jacuzzi*! —Negó con la cabeza y suspiró—. Y ha arrancado de raíz las flores y los arbustos.

Ari Thór sonrió por primera vez en ese día. Había conseguido pasar por casa un momento, con la idea de descansar un poco, pero fue inútil. La gripe todavía lo tenía agarrado, aunque intentaba poner buena cara. Resumió a Kristín los acontecimientos de la mañana, pero sin recibir a cambio la cordialidad y preocupación que esperaba. En los últimos tiempos, ella se mostraba inusualmente distante y él no sabía bien por qué. Dudaba que tuviera algo que ver con el parto, porque eso era algo reciente y el niño ya tenía casi un año.

—No has tardado nada en llegar —dijo Ari Thór.

Eran ya las dos pasadas. Herjólfur había llegado a la capital en el avión medicalizado, con pronóstico incierto; seguía en coma. El caso había despertado considerable atención en los medios, pese a que la policía todavía no había convocado una rueda de prensa. Que dispararan a un agente de policía, desde luego, era noticia, y especialmente en una comunidad pequeña como ésta.

—Sí, me han llamado a primerísima hora —asintió Tómas—. Tengo entendido que fuiste tú quien dio mi nombre.

—Seguro que el comisario jefe ya te tenía en mente —dijo Ari Thór con modestia—. Pocos policías conocen Siglufjördur mejor que tú, vienes que ni pintado para esta faena.

Lamentó en el acto la elección de las palabras; lo de «faena» no era precisamente lo más apropiado tal y como estaban las cosas.

Tómas pasó por alto el comentario.

—Confío en que tú me ayudes en la investigación. Nadie ha puesto ninguna pega al respecto, siempre y cuando yo lleve formalmente las riendas. De todos modos, me parece que no estás en tu mejor forma, ¿no? —Su tono era paternal.

—Sí, en realidad hoy estaba de baja, pero cuenta conmigo, por supuesto —contestó Ari Thór—. ¿Sólo seremos nosotros dos?

—No, ni mucho menos. La policía científica está de camino para inspeccionar el lugar de los hechos y rastrear esa maldita casa de arriba abajo. Dos chicos (uno de Ólafsfjördur, el otro de Akureyri) nos echarán una mano si hace falta. Van a empezar por visitar las casas más próximas al escenario de los hechos a ver si alguien oyó algún disparo y notó algún movimiento inusual de personas o vehículos. Nunca se sabe. Aun así, no me hago muchas ilusiones.

Tómas se puso en pie, aunque no hizo ademán de largarse. Miró un rato por la ventana. Había escampado, pero el pueblo seguía gris y macilento. El maravilloso resplandor que solía bañar el lugar en verano había desaparecido, aunque el encanto puramente pictórico de un invierno nevado todavía no había llegado; era como si en esa época del año Siglufjördur estuviera atrapado en un limbo entre dos mundos; no se trataba de la estación favorita de Ari Thór.

—Bueno, muchacho —dijo por fin, dándose la vuelta—. ¿Por dónde empezamos?

Ari Thór vaciló un instante; no se esperaba la pregunta.

—La escopeta —contestó por fin—. ¿De dónde salió la escopeta?

—Exacto —respondió Tómas—. Los de Reikiavik están examinando los perdigones, así que confiemos en que nos puedan decir de qué tipo se trata. Si la escopeta está registrada legalmente, tarde o temprano daremos con el propietario.

—No es nada seguro que el arma esté registrada —agregó Ari Thór para luego informar a su compañero de la conversación con el hijo de Herjólfur.

—¿Drogas, dices? —Tómas se quedó pensativo—. En realidad, los estupefacientes nunca han sido un gran problema en Siglufjördur, aunque tengo entendido que la situación ha empeorado algo desde que se inauguraron los túneles nuevos. El pueblo está más conectado que antes, para bien y para mal.

—Y esa vertiente política que mencionó, ¿le ves algún sentido?

—No, no se me ocurre nada... Aquí no hay muchos políticos, sólo unos cuantos concejales que no tienen mucha pinta de estar metidos en no sé qué trapicheo de drogas. Algunos de ellos son chicos que conozco desde que llevaban pañal. —Tómas sonrió para sí.

Ari Thór sabía por experiencia que no se podía tomar a Tómas al pie de la letra cuando usaba la palabra «chicos».

—Aunque también hay unos cuantos políticos de la capital que tienen casas de veraneo aquí —comentó este último.

—¡Calla, ni lo menciones! —repuso Tómas, que a menudo se había expresado airadamente contra la reconversión de Siglufjördur en una zona de segundas residencias.

El mercado inmobiliario estaba repuntando; la situación era bastante mejor que la que vivieron a principios del siglo cuando la declinante industria pesquera había hecho que la prosperidad del pueblo decayera, según tenía entendido Ari Thór. Gente nacida en Siglufjördur y que había emigrado a otros sitios compraba ahora casas en el municipio y las restauraba para su uso durante el verano; los aficionados al esquí hacían lo mismo, dado que la estación de esquí de Skardsdalur, a poca distancia del pueblo hacia el interior, era especialmente popular. A Ari Thór el esquí le interesaba más bien poco. Después de su traslado al norte, en alguna que otra ocasión le habían prestado unos esquís y se había metido por las pistas, pero cada vez que descendía le daba la impresión de que eran los esquís los que lo controlaban a él y no al revés, e imaginaba que ésa no era la idea. Se reprendió por permitir que sus pensamientos vagaran en cosas como ésa en un momento tan crítico.

Tómas prosiguió:

—No estaría nada mal que pudiésemos colgarle este ataque con arma de fuego a algún forastero ajeno al pueblo, pero aun así no nos hagamos ilusiones... —Tómas no se había vuelto a sentar; parecía que pensaba mejor de pie—. Todavía no sabemos con quién habló Herjólfur esta madrugada o la noche anterior. Su móvil estaba bloqueado, pero espero que podamos solucionar eso hoy mismo.

—He echado un vistazo a su agenda de trabajo y, en principio, no he visto nada inusual —dijo Ari Thór—. También podemos intentar que nos den acceso a su correo electrónico.

—Naturalmente. —Tómas suspiró—. Todo esto es un embrollo de mucho cuidado, muchacho, ¡de mucho cuidado! Yo ni recuerdo que un agente de policía haya recibido alguna vez el disparo de un arma de fuego en acto de servicio en este país. Y te podrás imaginar el revuelo que se ha armado en Reikiavik. Todos en la comisaría central están que trinan, todos y cada uno, ya te digo. ¡Una cosa así no debería suceder jamás!

—Es verdad. —Al instante Ari Thór reparó en un hecho espantoso—. Podría haber sido yo...

Tómas frunció el ceño y guardó silencio un momento antes de contestar.

—Es posible.

—Es mucho más que eso —espetó Ari Thór con aspereza—. Yo debería haber hecho la guardia la noche pasada. Esa condenada gripe me ha salvado la vida.

—Es posible —repitió Tómas—. De todas formas, no podemos descartar que Herjólfur fuese el objetivo.

—No, no creo —dijo Ari Thór con firmeza, todavía bastante alterado por la idea de que podría haber estado en el pellejo de Herjólfur; y Kristín en el de Helena. Eso habría dejado huérfano de padre al pequeño Stefnir y ni siquiera era capaz de llevar ese pensamiento hasta sus últimas consecuencias—. ¿Quién habría querido ver a ese hombre muerto? Tampoco es que hayamos anunciado a bombo y platillo que él estaba de guardia y yo no.

—Sea como sea —dijo Tómas, que ya parecía impacientarse—, vamos a intentar averiguar más cosas sobre Herjólfur. Hablaremos más detenidamente con su mujer cuando haya tenido tiempo para sobreponerse… hasta donde sea posible, claro. ¿Tenía sus más y sus menos con alguien del pueblo? ¿Había recibido amenazas?

—Su mujer lo habría mencionado —repuso Ari Thór.

—¿Estás seguro? Me extraña que estuviese muy habladora tras recibir la noticia.

—De hecho, no lo estuvo —admitió Ari Thór—. Dijo poca cosa. Se encontraba prácticamente en estado de *shock*.

—Le haremos una visita mañana… Ha estado enferma, según tengo entendido.

—¿Enferma? ¿Qué le pasa?

—No estoy seguro; sólo sé que él salía de una excedencia de un año cuando le concedieron el puesto de comisario de aquí. Obtuvo la baja para cuidar de su esposa durante su convalecencia.

—Un año entero de baja. ¡Vaya! Hay que ver lo que se ha sacrificado por la mujer.

—Bueno, yo no diría tanto. —Tómas bajó la voz, como si Herjólfur estuviera escuchando a escondidas a la vuelta de la esquina—. Por lo visto, durante ese tiempo siguió recibiendo su sueldo completo.

—¿El sueldo completo? Eso es muy generoso. Se ve que nuestro sindicato funciona.

—No estoy tan seguro de que el sindicato tuviera nada que ver con aquella decisión. El tipo tiene buenos contactos. Su padre fue toda una leyenda en el cuerpo, un poli de la vieja escuela. De alto rango e influyente. Y los tenía bien puestos. Recuerdo haberme encontrado con él una vez, un tío duro de pelar de verdad. Ya murió, el pobre, pero se podría decir que Herjólfur tiene sangre azul en las venas, que es de la realeza de la policía, ¿entiendes?

—¿Y por eso consiguió el puesto y yo no?

—Se podría decir que sí.

Ari Thór se quedó callado.

—Y hay algo más... Esa casa junto al túnel... —Tómas titubeó—. Ese sitio tiene una historia bastante extraña. A mediados del siglo pasado vivían allí dos gemelos que heredaron la casa de sus padres. Una noche allá por el año 1960, más o menos, encontraron a uno de ellos muerto detrás de la casa; probablemente a consecuencia de una caída desde el balcón. Se decía que la noche anterior habían estado de juerga con un amigo de ambos. Nunca se supo qué pasó, hasta donde yo sé. Algunos pensaban que el hermano era el responsable y que había enloquecido, ya que sufrió un cambio radical a raíz del suceso, y poco más o menos se convirtió en un solitario. El caso se archivó, como algunos casos incómodos de aquel entonces. Se archivó como muerte por caída accidental y así quedó todo. Al menos, eso fue lo que me contaron, pero vete tú a saber.

—¿Y crees que hay alguna conexión entre

aquello y lo de ahora? —preguntó Ari Thór con escepticismo.

—Lo dudo, pero mantengamos todas las líneas de investigación abiertas.

Ari Thór se levantó con excesiva brusquedad. Seguía indispuesto y tuvo que hacer de tripas corazón al notar un acceso de mareo y náuseas. Se enjugó el sudor de la frente.

—¿Seguro que estás para meterte en faena?

Tómas parecía a punto de mandar a Ari Thór al catre.

—Segurísimo —contestó con voz firme, aunque sonó poco convincente.

—Bueno, entonces pongámonos en marcha. Creo que lo más acertado es comenzar por hablar con Addi Gunnu. Tiene que estar en casa.

—¿Addi Gunn? ¿Y ése quién diablos es?

—Addi Gunnu, no Addi Gunn. Lo llaman así por su madre, Gunna, o sea Gudrún. Su padre era un cantamañanas de Reikiavik. Gunna es de aquí, de Siglufjördur, de toda la vida, una norteña hasta la médula, de una familia respetable, pero Addi lleva metiéndose en líos toda su vida.

—Nunca he oído mencionar su nombre.

Habían salido de la comisaría. Tómas se sentó en el coche patrulla:

—Es natural. Tú eres un forastero. Los que son de Siglufjördur de toda la vida conocen a Addi Gunnu. Durante mucho tiempo fue el único hombre del pueblo con una condena por tráfico de drogas, y más de una si no me equivoco; quizá todavía lo sea. Se mudó al norte hace unos diez o quince años, al morir su madre, y desde entonces ha mantenido un perfil bajo, al menos en apariencia. Aun así yo solía vigilarlo de reojo cuando trabajaba aquí. Y, de hecho, creo que sigue metido en esos chanchullos, a pesar de que ya tiene más de sesenta años. Sencillamente sabe disimularlo mejor que antes.

—Eso no me lo contaste al mudarte de aquí —dijo Ari Thór, casi en tono acusador—. A lo mejor me habría venido bien saberlo.

—Bueno... No me pareció de recibo pedirte que espiases al tipo. Además, somos parientes; primos segundos por más señas.

Ari Thór miró a Tómas y guardó silencio. Le invadió la misma sensación que había sentido con enorme intensidad la primera vez que llegó al pueblo: era un forastero en un lugar extraño, donde todo el mundo estaba interrelacionado y donde no se podía confiar en nadie.

CAPÍTULO 6

—¡Tómas! ¡Me alegro de verte, primo! —Los dos hombres se estrecharon la mano—. La verdad es que te esperaba. He escuchado las noticias al mediodía.

Su voz resultaba ronca; el tono, decidido.

—Él es…

—Ari Thór Arason, sí, lo sé —lo interrumpió Addi.

—¿Nos hemos visto antes? —preguntó él a la defensiva.

No recordaba haberse cruzado con ese hombre antes. Y desde luego se acordaría: el tipo aparentaba más los setenta años que los sesenta y pico, y era alto y seco de carnes, enjuto de rostro, de venas y huesos marcados y ojos grandes y saltones. Vestía un grueso suéter de marinero. Sostenía un cigarrillo encendido entre los dedos, uno delgado y largo, del tipo que había estado de moda hacía décadas.

—Creo que no —contestó el otro, arrastrando las palabras—. Pero no te alteres, muchacho, aquí en el pueblo todo Dios sabe quién eres. ¿Cómo está Kristín? —Addi desplegó una sonrisa de dientes amarillentos.

—¿No nos vas a invitar a pasar? —logró intercalar Tómas antes de que a Ari Thór le diera tiempo a reaccionar a esa pregunta impertinente.

Éste intentó controlarse, pero notó cómo un fogonazo de cólera le estallaba por dentro. ¿Cómo se atrevía ese delincuente a mencionar a Kristín? ¿Era una amenaza encubierta?

—Venga, pasad.

El piso resultaba bastante limpio si se exceptuaban los ceniceros colmados que había prácticamente en cada superficie. El hedor a tabaco resultaba abrumador. Sin embargo, lo primero que le vino a Ari Thór a la cabeza al entrar en el salón fue el piso de su abuela, muerta ya, con quien había crecido tras la muerte de sus padres. No fue por los ceniceros o la peste a humo de cigarrillo —la anciana había sido una férrea abstemia y no fumadora—, sino que había algo en el aspecto del piso que le trajo esos recuerdos. El salón probablemente lo había amueblado la madre de Addi, una mujer de la misma generación que la abuela de Ari Thór, y no parecía que él se hubiera molestado en dejar su sello en la casa una vez muerta su madre. Vivía al abrigo y a la sombra de ella.

—¿No os sentáis?

—No, gracias —contestó Tómas—. Tenemos prisa.

Ari Thór no dijo nada; se mantenía al lado de Tómas, notando cómo su antipatía hacia el anfitrión crecía con cada minuto, cada segundo, que pasaba.

—Supongo que sabrás, o al menos podrás adivinarlo ahora, qué policía fue víctima del ataque con arma de fuego —continuó Tómas.

La prensa no había revelado aún el nombre de Herjólfur.

—Claro que sí. ¿No os habréis presentado aquí sólo para decirme eso?

Addi se había sentado en una vieja butaca color rojo burdeos.

—¿Conoces la casa donde sucedió?

—¿Acaso debería conocerla? —preguntó Addi, en un tono casi juguetón.

—La casa vieja al lado de...

—Sí, sí, ya sé —lo interrumpió el otro.

—Sospechamos que Herjólfur estaba investigando un presunto tráfico de estupefacientes en aquella casa —dijo Tómas en tono formal—. ¿Sabes algo al respecto?

—Tiene cojones la cosa, primo: tú preguntándome si vendo droga y pego tiros a los putos polis.

—No te pongas así, Addi —replicó Tómas malhumorado.

—Una única condena de mierda y te conviertes en un criminal para los restos.

—Bueno, fue más de una —dijo Tómas.

—¿Y qué coño se supone que debería decir, eh? ¿Os doy algún soplo? ¿Meto a mis colegas en un lío?

—Alguien ha intentado matar a un policía —continuó Tómas con tono firme—. No te estoy acusando de estar metido en el ajo, pero si sabes algo del asunto mejor que lo sueltes. Intentar proteger a quien esté detrás de esto no beneficia a nadie. Esto se va a tratar con dureza, te lo aseguro.

Addi guardó silencio un rato, mientras daba una calada al pitillo.

—Yo sólo soy un viejo. Eso ya lo sabes, Tómas. Jamás le pegaría un tiro a nadie, ni siquiera a un poli… —Sus palabras se desvanecieron.

—Pero ¿tienes alguna idea de quién podría haberlo hecho?

—Qué sé yo, ¿eh? Yo no soy responsable de todos los yonquis del pueblo.

—¿Aquella casa se ha usado para ese tipo de negocios? —preguntó Tómas.

—Supongo…

—¿Sí o no?

—Sí, sí, eso tengo entendido, ¿vale?

—¿Qué se cocía ahí dentro?

—Sólo *bisnis*. Se dejaba droga, se recogía droga, ¿entiendes? Era un buen sitio, teniendo en cuenta que a vosotros ya os da pereza salir de patrulla fuera del pueblo por la noche, ¿verdad?

Tómas obvió el comentario, pero Ari Thór

sabía demasiado bien que el tipo no iba desencaminado. Parecía saber dónde pisaba.

—¿Tienes algo que ver con esa gente? Los que están metidos en ese... *bisnis*.

—No, primo. Eso... —alzó el pitillo con indolencia en dirección a Tómas—, eso es lo máximo que me he acercado a las drogas desde que volví a casa.

—¿Había alguien allí la pasada noche?

Ari Thór todavía seguía manteniéndose en segundo plano.

—De eso no sé nada —murmuró Addi—. Pero, claro, no estoy al corriente de todo lo que pasa en el pueblo.

—¿Y con quién más podríamos hablar? ¿Alguien que se haya, ya sabes, ocupado de la logística de ese negocio últimamente?

Addi se rio.

—Tómas querido —soltó—. Ni puta idea.

—No dejes que ese hombre te saque de tus casillas —dijo Tómas una vez se habían despedido y estaban ya metidos en el coche—. Siempre ha sido así.

El tono de voz de Ari Thór resultó algo inseguro cuando habló por fin:

—No hay peligro.

El comentario, en apariencia inocente, de Addi sobre Kristín le había provocado un enfado tan sentido y feroz que Ari Thór dio literalmente las gracias por haber podido controlar su temperamento.

Yo acababa de desayunar, si es que esa bazofia podía llamarse desayuno:

Pan negro con mantequilla y alguna fruta, servidos en bandejas de plástico como de costumbre. La verdad es que no tenía ganas de salir y acercarme al comedor, pero la enfermera no dio su brazo a torcer. «Te sentará bien», dijo. ¡Estos días parece que todo me sienta bien!

Dejé que me convenciera. Decidí no discutir con ella. La primera mañana me llevaron la comida a la cama, pero eso no volvió a repetirse.

Por lo visto no estoy poniendo mucho de mi parte para relacionarme con los demás huéspedes de aquí..., bueno, con los demás pacientes. Nunca he sido particularmente tímido, pero no tengo ganas de llegar a conocer a los otros pacientes; no quiero integrarme en el grupo, ser uno de ellos. Yo no pertenezco a este lugar. Con la que más he hablado es con Ása, la enfermera, y eso a pesar de que no me cae bien.

Pero, aun cuando quizá nunca he sido tímido,

siempre he tenido cierto miedo por dentro. A lo mejor es esta ansia que ahora por fin va aflorando. Y con fuerza. Siempre he sentido un temor difuso, prácticamente desde que tengo uso de razón. Por supuesto, todo tiene su explicación, y más de una, creo saber.

CAPÍTULO 7

Kristín estaba exhausta. El pequeño por fin se había dormido; su siesta de hoy se había retrasado. Y todo estaba patas arriba. Ari Thór, reincorporado al trabajo, enfermo y ¡encima metido en un caso grave! Después de la llamada al alba, había pasado un momento por casa para darle la tremenda noticia. Ella tuvo que oírla dos veces, de lo impresionada que se quedó, de lo terrible que era aquello.

Su primera reacción fue ofrecer su ayuda:

—¿Hay algo que yo pueda hacer? Puedo acercarme un rato al hospital si la canguro está disponible.

Su faceta de médica siempre estaba dispuesta.

—Gracias, pero creo que lo van a enviar de inmediato a Reikiavik.

Ella habría querido saber más sobre las lesiones de Herjólfur, intentar evaluar las probabilidades de recuperación, pero le daba vergüenza meter demasiado las narices en los pormenores de esta tragedia y optó por callarse.

Se dio cuenta de que era Ari Thór quien tendría que haber estado de guardia esa noche, en lugar de Herjólfur. Aun así no lo mencionó: el trauma ya era lo bastante fuerte para él.

La idea de que podría haberlo perdido le despertó remordimientos de conciencia, una sensación que estaba muy relacionada con el médico que acababa de entrar a trabajar en el hospital de Akureyri. Era siete años mayor que ella, divorciado y acababa de regresar a Islandia desde Suecia, donde había cursado estudios de especialización y había trabajado en un hospital. Maduro, alto y atlético, muy inteligente, calmado y ponderado; en cierto modo parecido a Ari Thór, pero a la vez su opuesto. Ari Thór a veces podía resultar incómodamente impulsivo y egocéntrico, mordaz y de carácter adusto. Seguía atrapado en el pasado, sin haber aceptado nunca la pérdida de sus padres; por algún motivo esa herida se resistía a cerrarse y lo frenaba de un modo inexplicable. En realidad, estaba no menos atrapado en los problemas del presente, patinando en el mismo sitio como las ruedas de un coche que no logra avanzar. No haber conseguido el puesto de comisario había sido un duro golpe para él, y no tenía claro si quedarse o marcharse; al fin tuvo que ser ella quien tomase la decisión por los dos. Estaba a gusto en Siglufjördur y le venía bien vivir allí mientras tuviera ese buen empleo en el hospital de Akureyri, que quedaba relativamente cerca tras la apertura de los túneles nuevos. Al principio había tenido sus dudas, pero luego había ido advirtiendo el encanto de ese pueblecito: los largos y luminosos días de verano, el maravilloso olor a mar, el aire frío pero crujientemente fresco, que le infundía energías renovadas. Incluso le gustaban el ventarrón y la lluvia, como los de hoy; en esas ocasiones se sentía más viva. De hecho, se sentía mejor en invierno que en el breve verano; la oscuridad que envolvía el pueblo le resultaba cálida y reconfortante. Además, en invierno acostumbraba a escaparse a través del nuevo túnel hasta el vecino Hédinsfjördur, al otro lado de las imponentes montañas, para disfrutar de la negrura absoluta de sus noches y, a veces también, de las auroras boreales.

En todo caso, no pensaba quedarse en Siglufjördur toda la vida; ya tenía bastante decidido meterse en estudios de posgrado y especialización en el extranjero dentro de dos o tres años, cuando el niño hubiera crecido un poco.

Sólo estaba por ver si Ari Thór los acompañaba o, mejor dicho, si ella quería que los acompañara; si, a fin de cuentas, esta relación tenía futuro. Eran preguntas que había evitado, preguntas que habían sido un cierto obstáculo que se yergue a lo lejos, en el horizonte, donde de todas formas era fácil ignorarlo; justo hasta que había aparecido aquel médico procedente de Suecia. Kristín había trabajado mucho con él después de incorporarse de nuevo al hospital con jornada reducida tras el permiso de maternidad y enseguida habían conectado bien. De hecho, resultaba inquietante lo bien que se entendían. Al parecer tenían aficiones y perspectivas de vida similares. Iban juntos a almorzar en la cantina y a tomar café cuando podían, y ella se sentía a gusto con ese hombre. Por supuesto, ninguno de los dos había traspasado la línea roja en sus relaciones. En sentido estricto no se había roto ninguna regla, escrita o no escrita, pero Kristín era consciente de que ahí bailaba al borde del precipicio. De que aquello no podía durar mucho en esos términos.

Sentía algo por él, eso era indiscutible. Pero ¿se había enamorado? Difícilmente. ¿Y estaba enamorada de Ari Thór? ¿O eso sólo había sido una fascinación prolongada en el tiempo que había llevado al alumbramiento de este pequeño tan maravilloso? ¿Y podía hacerle a su hijo la faena de romper la familia, si estaba en su mano evitarlo?

Ari Thór no había hecho nada mal, no visto así. Era un buen padre, cariñoso y entregado. Quedaba claro que iba a hacer todo lo que pudiera para asegurar a su hijo una infancia feliz.

No tenía la más remota sospecha de que a ella se le hubiera pasado por la cabeza dejarlo. De hecho, era una opción a la que había dado bastantes vueltas en las últimas semanas, valorando pros y contras con completa frialdad.

El médico venido de Suecia había hecho aflorar ese dilema. Por supuesto, él era parte de la ecuación: a lo mejor quería averiguar si lo suyo podría cuajar de algún modo. Creía tener posibilidades con él, y sobradas, de hecho. ¿O quizá estaba viendo más de lo que en verdad había entre ambos? No estaba segura, porque no pensaba dar un solo paso para averiguarlo, no sin antes haber puesto fin a su relación con Ari Thór. Si se decidía a lanzarse por ese precipicio, sería sin paracaídas. Jamás se plantearía ponerle los cuernos a Ari Thór. Ella no era de esa pasta; no era como él.

Ari Thór le había sido infiel con aquella fulana de Siglufjördur, Ugla. Él le aseguró que sólo había sido un beso, y tal vez fuera cierto, pero un solo beso ya era más que suficiente, y él seguramente habría querido ir más lejos; ella le notó el remordimiento en los ojos cuando rogó clemencia. Lo conocía demasiado bien.

Kristín apenas se atrevía a imaginar cómo reaccionaría Ari Thór si lo dejara y empezase enseguida a salir con otro hombre. ¿Lograría controlar la ira? A decir verdad, no estaba segura. Había en él cierta mecha a la que era mejor no prender fuego. Solía enfadarse con facilidad y era casi un celoso patológico… Con el tiempo, ¿sería ella capaz de corregir esa falla en su carácter?

No es que temiera por su integridad estando

con él; a decir verdad, la idea de que le hiciera daño resultaba absurda. Y si ella corriera algún peligro, él la defendería sin la menor duda, llegaría hasta donde hiciese falta.

Y luego tenía esos secretos. A veces le asaltaba el pensamiento de que él no le había contado la verdad sobre su padre; seguro que sabía más de aquel asunto de lo que daba a entender. No se fiaba por completo de ella, quien, a su vez, sabía de sobra que la desaparición de su padre le pesaba como una losa. A veces Ari Thór llamaba en sueños a su padre, con una voz cargada de angustia y añoranza.

Kristín todavía no se había decidido. Las últimas semanas le habían resultado difíciles, algunas noches se había quedado en la cama sin pegar ojo, intentando poner orden a sus sentimientos, haciendo mentalmente un gráfico de barras con los pros y los contras, pero sin llegar a ninguna conclusión.

El ataque a Herjólfur le había abierto los ojos sobre lo breve que podía resultar la vida, lo importante que era tomar las decisiones correctas. Si iba a abandonar a Ari Thór, era mejor hacerlo cuanto antes.

CAPÍTULO 8

Era casi la hora de la cena, y Ari Thór y Tómas seguían sentados en la comisaría. El teléfono prácticamente no había parado de sonar. Tómas se estaba haciendo cargo de la relación con los medios de comunicación y se comportaba como era natural en él: de forma escueta y formal.

Tómas encendió el pequeño televisor de la comisaría. El boletín vespertino de la radio se había centrado casi en su totalidad en el ataque con arma de fuego en Siglufjördur.

—Más vale que te vayas derecho a casa tras el telediario, muchacho —dijo Tómas, afable—. Yo haré guardia unas cuantas horas más y mañana por la mañana nos acercaremos al escenario de los hechos. Dicen nuestros colegas de la Científica que les queda poco para acabar la investigación allí. ¿Tú has estado alguna vez en aquella casa?

Ari Thór negó con la cabeza y se metió un trozo de pizza en la boca. Tómas se había acercado un momento a su pizzería favorita en la plaza del ayuntamiento y había vuelto con dos pizzas humeantes. «Las pizzas de Siglufjördur no tienen rival», había dicho.

Ari Thór tenía un poco de mala conciencia por no haber pasado por casa desde por la mañana a ver a Kristín y al crío; estaba a tiro de piedra, pero esperaba que lo entendiera.

—Voy a llevarme un par de porciones de pizza para Kristín, si es que sobran.

—Qué menos. Coge las que quieras. ¿Cómo va el crío?

—Bien —contestó Ari Thór, dándose cuenta en el acto de que a lo mejor Tómas esperaba una respuesta algo más detallada—. Va gateando por todas partes como un tanque, aprendiendo a andar. Aún no habla, sólo balbucea y se ríe. Estoy intentando explicarle que ya se va acercando la Navidad. ¡Me he pasado tres pueblos a la hora de comprarle regalos!

Tómas sonrió.

—A ver si aprovecho para conocerlo mientras estoy por aquí.

—Sí, por supuesto.

—Mi mujer le ha tejido un jersey, esperemos que bien grande para que le sirva más tiempo. Os lo íbamos a enviar para Navidades. Es una lástima que con las prisas por venirme no se me ocurriese traerlo. Salí a toda pastilla.

—¿Le ha hecho un jersey? Eso es demasiado, Tómas... ¡Vaya! ¡Muchas gracias!

—No hay de qué... Yo no he tenido nada que ver. No he hecho punto en mi vida. —Desplegó una sonrisa ladeada—. Mi mujer y yo también hemos estado dándole vueltas a la idea de invitaros a cenar en cuanto se pueda. ¿No tenéis previsto viajar al sur?

—No hay nada planeado, pero los padres de Kristín van a volver a Islandia desde Noruega el verano que viene, y supongo que a partir de entonces bajaremos a menudo los tres para que vean a su nieto.

—¿Cómo os va a Herjólfur y a ti, los dos aquí solos?

—Bueno, nos las arreglamos gracias a nuestra colaboración con la policía de Ólafsfjördur, pero por los pelos —replicó Ari Thór.

Había echado de menos poder charlar con Tómas. Había comprendido que probablemente sólo tenía dos buenos amigos ahora, Kristín y Tómas. Después de mudarse al norte, había perdido el contacto con sus viejos amigos de Reikiavik y no había hecho ninguno nuevo en Siglufjördur, salvo Tómas. Por supuesto, estaba Ugla, que seguía viviendo allí, pero no habían hablado en años. Ella le había puesto de patitas en la calle cuando había descubierto que ya tenía novia y, ahora, Ari Thór no se atrevería ni siquiera a mirarla, conociendo de antemano la reacción de Kristín.

A Tómas se le fue el ojo a uno de los escritorios, en el que no había nada más que una pantalla de ordenador y un teclado.

—Aún no han cubierto el puesto de Hlynur, por lo que veo. —La voz se había oscurecido.

—No, todavía no —contestó Ari Thór.

Hlynur, que había trabajado con ellos en la policía de Siglufjördur, se había quitado la vida cuando estaba en medio de una difícil investigación de asesinato. Ari Thór sabía perfectamente que Tómas no se había recuperado de aquel suceso y en cierto modo se culpaba a sí mismo de lo sucedido. Por supuesto, Ari Thór también tenía alguna responsabilidad en ello; no había hecho nada para ayudar a Hlynur, aun cuando saltaba a la vista que necesitaba ayuda. Pero él había sido el chico nuevo en la ciudad y se había centrado sobre todo en instalarse.

El móvil de Tómas sonó al poco y, al advertir su expresión, Ari Thór supo que algo había pasado.

La llamada fue breve y, al acabar, Tómas se acercó al ordenador a toda prisa:

—Ven aquí rápido, muchacho —dijo en tono algo áspero, como acostumbraba cuando tenía algo importante que decir.

Ari Thór se puso en pie, aunque hubiese preferido permanecer sentado o incluso tumbarse. No estaba en condiciones de trabajar; las pocas fuerzas que tenía se habían agotado y la fatiga empezaba a coger las riendas. Aun así, poco se podía hacer: tenía que seguir.

—¿Qué pasa? —preguntó con cierta hosquedad.

—Mira esto. —Tómas señaló la pantalla—. Acabamos de recibir un listado con los teléfonos a los que Herjólfur llamó antes del ataque, y también los números de las llamadas entrantes. Siéntate y busca quiénes son los titulares; eres más rápido que yo.

Tómas se levantó y Ari Thór se sentó delante del ordenador.

—Empieza por éste: es el último que se comunicó con Herjólfur.

Ari Thór buscó el nombre del titular, en vano.

—Es un número oculto.

—En ese caso vamos a solicitar más información sobre esa línea —dijo Tómas—. Y sobre otros números a los que haya llamado y cosas por el estilo.

—Enviaré una solicitud.

La lluvia golpeaba en la ventana con un martilleo que iba al compás de su cada vez más acuciante dolor de cabeza. Hacía calor en la comisaría y se preveía una noche larga. Ari Thór sabía que a Kristín no le gustaría. Su reciente desapego era perturbador, pero él no había tenido el valor de investigar su causa.

Continuó consultando los números más recientes. La mayoría parecían tener una explicación lógica; algunas llamadas a su esposa y también a Ari Thór. Había una llamada a un restaurante de Reikiavik.

—Iba a invitar a su mujer a la capital —explicó éste—. Me lo mencionó al intentar cerciorarse de cuándo estaría yo lo bastante recuperado para volver al trabajo… Por lo visto, ese viaje era una sorpresa. Seguramente su mujer, Helena, no tenía ni la más remota idea. A lo mejor debería habérselo contado… —siguió Ari Thór más para sí que para Tómas—. Oye, aquí hay algo —añadió.

—¿Ah, sí?

Tómas se acercó.

—Gunnar Gunnarsson, el alcalde de Siglufjördur.

—¿Llamó a Herjólfur? —Tómas escrutó la pantalla.

—No, Herjólfur le telefoneó a él hace dos días.

—Debe de haber una explicación lógica —dijo Tómas, cauteloso como siempre.

—Por la noche, tarde —agregó Ari Thór.

—¿Cómo?

—Lo llamó a las diez y pico de la noche. Es una hora bastante rara para llamar a un cargo del ayuntamiento.

Tómas asintió con la cabeza.

—Sí… Quizá debamos hacerle una visita ahora. Mejor que esperar hasta por la mañana. ¿Qué te parece?

Ari Thór se encogió de hombros y asintió sin

convicción, muerto de cansancio como estaba. Más que nada, quería volver a casa, meterse en la cama y encargarse de todo lo que tenía pendiente luego: el caso, las peticiones de Tómas, el comportamiento reciente de Kristín. Pero, una vez más, y como siempre, le pareció que tenía que demostrar su valía ante Tómas.

—De todas formas, primero envía ese correo electrónico sobre el número oculto —dijo Tómas—. Daremos una vueltecita en el coche antes de que te deje ir a casa a dormir, que falta te hace...

Ari Thór estaba acalorado, pero unas refrescantes gotas de lluvia contra los cristales empañados de la comisaría ofrecían cierto alivio. Tenía el presentimiento de que ésta no iba a ser una visita fácil.

Algo oscuro estaba pasando en el pueblo. Alguien había intentado asesinar a un policía; cosa que, por supuesto, jamás había sucedido antes. El agresor andaba suelto y era bien posible que actuase de nuevo. Ari Thór tuvo que admitir que sentía miedo.

La enfermera me dice que el doctor Helgi no vendrá hasta mañana. Va a mirar si me puede recibir entonces.

Me cuesta calcular qué edad tiene ella y me da corte preguntárselo. Cuarenta y tantos, tal vez. Un poco hinchada de cara; demasiado vino tinto, demasiados filetes a lo largo de los años. Se le nota el cansancio en los ojos y jamás sonríe. No me cae bien la gente que no sonríe.

Es más que probable que no haya cumplido los cuarenta, pero si es así, tiene que haber llevado muy mala vida. No es mi tipo, desde luego.

Hay algo en ella que no me gusta, tiene frialdad en su mirada.

Sobre mi compañero de cuarto no puedo escribir gran cosa, porque nunca dice nada y prácticamente lo único que hace es dormir. El mero hecho de tenerlo delante todo el santo día es para mí una especie de acicate para sacudirme la modorra de encima. Sí, creo que luego acudiré a la sesión matutina; no van a hacer la vista gorda ante mis pellas eternamente. Tal vez averiguaré la verdad.

CAPÍTULO 9

El alcalde vivía en un chalet ubicado en una urbanización de reciente construcción al fondo del fiordo.

Trascurrió un buen rato antes de que se abriera la puerta y, cuando al fin lo hizo, el hombre salió a recibirlos con una bata blanca y zapatillas de andar por casa a juego. Tenía la sorpresa pintada en la cara, de barba cerrada, al ver a los dos agentes.

—¿Gunnar? —preguntó Tómas con educación.

—Ése soy yo —contestó con una sonrisa estándar de político en los labios.

—Me llamo Tómas y fui comisario en este pueblo durante muchos años. Antes de que usted llegara, claro. —La voz rezumaba autoridad—. Y a Ari Thór supongo que ya lo conoce.

—Por supuesto. Pasen, por favor. Perdonen

que no esté vestido para la ocasión, pero no esperaba visitas esta noche. Así son las cosas cuando uno vive solo.

Lo siguieron hasta el salón. El televisor estaba encendido y en la mesa de centro descansaban los restos de lo que parecía un triste plato precocinado para microondas.

—Les invitaría a algo, pero he de admitir que tengo los armarios bastante vacíos. Llevo vida de soltero, más o menos. —Sus disculpas sonaron artificiales—. Mi mujer trabaja en el extranjero; es médica.

Les hizo un gesto para que se sentaran en el sofá, pero él permaneció de pie.

—¿Qué novedades tenemos? —preguntó—. Herjólfur… sigue con vida, ¿no?

—Sí —contestó Tómas.

—Gracias a Dios. Todo esto es tremendo. La verdad es que no acabo de asimilarlo. El ambiente en las oficinas del ayuntamiento resultaba hoy peculiar, por decirlo suavemente. La mayoría de los funcionarios se han ido a casa temprano. Hay que joderse… —Subió el tono de voz—. No me puedo creer que hayan disparado a un policía aquí en Siglufjördur.

Ari Thór miró a Tómas con la esperanza de que interrumpiera a Gunnar antes de que se lanzara a un discurso político sobre la seguridad de los guardianes de la ley y el orden. Y Tómas no le defraudó, sino que se metió directamente en harina:

—¿Por qué le llamó Herjólfur hace dos días?

—Los dos formamos parte de una comisión sobre asuntos de seguridad vial —contestó Gunnar, casi antes de que Tómas terminase de formular la pregunta. Como un participante bien preparado en un concurso de preguntas y respuestas—. Quiso consultarme algunos puntos.

—¿Como cuáles? —inquirió Tómas casi como sin darle importancia.

Gunnar contestó de inmediato, se diría que sin necesidad de pensarlo.

—Rotondas, más que nada, además de algunos otros asuntos que se iban a tratar en la próxima reunión. La verdad es que no recuerdo nuestra conversación palabra por palabra; es que tengo un montón de trabajo. Es un puesto ajetreado.

¡Rotondas! Ari Thór se preguntó si de verdad no era capaz de buscar una mentira más convincente.

—¿Qué rotondas? —preguntó Tómas—. ¿Ya hay una rotonda en el pueblo? Hay que ver los avances que se han hecho aquí desde que vivo en Reikiavik.

Ari Thór se mantuvo en segundo plano a propósito. Deseaba conservar en buenos términos sus relaciones con el alcalde y todo apuntaba a que esta charla podía acabar como el rosario de la aurora.

—Bueno, no exactamente, pero de hecho de eso se trata: de instalar rotondas para incrementar la seguridad vial, ¿entiende?

El gesto de Tómas dejó claro que no veía la menor necesidad de instalar rotondas en un municipio tan pequeño.

—Disminuyen el exceso de velocidad —añadió el alcalde, otra vez metido en plan electoral, intentando convencer a los asistentes a un mitin.

—El exceso de velocidad nunca fue un problema mientras yo era comisario aquí —murmuró Tómas.

—No, quizá no. Pero ahora el municipio se está abriendo al mundo, hay más gente que pasa por aquí en coche y quizá también más delitos…

—¿Y por qué razón urgía tanto? —preguntó Tómas, su tono de voz más incisivo que antes.

—¿Qué quiere decir?

—Lo de hablar de las rotondas. Eran más de las diez de la noche cuando Herjólfur le llamó.

En esta ocasión Gunnar vaciló un momento.

—No tengo ni idea de por qué decidió telefonearme tan tarde. Recuerdo que me pareció una llamada bastante intempestiva. Como pueden ver, no soy de quedarme despierto hasta las tantas. —Desplegó una sonrisa a la vez que deslizaba la mirada bata abajo—. De todas formas, no se lo eché en cara. Me mostré educado, como de costumbre. Teníamos una colaboración bastante buena.

—¿Hablaron de algo más?

—La verdad es que no me acuerdo.

—¿Fue la última vez que hablaron?

—Sí, sí, pero, claro, yo no podía saber lo que

iba a pasar, así que la conversación con Herjólfur no fue de las que se te quedan grabadas en la memoria. Y ojalá no sea nuestra última charla. Mientras hay vida, hay esperanza.

Una esperanza muy débil, pensó Ari Thór, rememorando la angustiosa situación que había vivido por la mañana. Parecía que hubieran pasado días, el horror de la escena seguía tamborileando por todos los rincones de su mente y sólo quedaba enmudecido por su decidido esfuerzo para mantenerlo así.

—¿Mencionó algo sobre la casa? —preguntó Tómas.

—¿La casa?

—La casa donde le dispararon.

Tómas se mantenía ponderado, frío como el hielo. Gunnar, en cambio, parecía cada vez más inquieto.

—¿Por qué iba a hacer eso? —replicó finalmente, algo áspero—. Por supuesto que no.

Tómas se puso en pie de golpe y Ari Thór siguió su ejemplo.

—Gracias por la información. Y perdone las molestias.

—¿Eh? Ah, sí, claro. Lamento no haber sido de más ayuda.

—A lo mejor más adelante.

—Sí, claro que sí…

—Y no dude en llamarnos, Gunnar, si le viene algo más a la cabeza.

Dejaron al alcalde, con su bata, en el salón.

—Ahora te llevo a casa —dijo Tómas una vez sentados en el coche patrulla.

—Quizá sería lo mejor —contestó Ari Thór, en tono cansado.

—¿Qué te ha parecido la actuación de tu alcalde? —preguntó Tómas.

—Nunca lo había visto mentir tan a las claras. Hay algo que no nos dice y tengo la sensación de que tiene algo que ver con el disparo contra Herjólfur.

CAPÍTULO 10

Gunnar se quedó sentado un rato tras la salida de los policías. Había esperado que le formulasen algunas preguntas sobre aquella conversación telefónica, pero no tan de inmediato ni con tanta insistencia. Llevaba ya doce años sin probar el alcohol, pero en momentos así era precisamente cuando le entraban ganas de un trago. Nada muy fuerte, sólo algo para calmar los nervios. De todas maneras, no era ni la primera ni la más difícil tentación en estos doce años, y la superaría.

Últimamente, la soledad le pesaba más de lo que quería admitir. No se aburría durante el día en el trabajo, pero al volver a casa por la noche lo aguardaba un frío chalet sin alma, demasiado grande para él solo. El cargo era exigente y le gustaba ponerse al día sobre la política municipal, darse cuenta de las camarillas de interés y cómo la gente se agrupaba en favor de los diversos asuntos.

Sin duda, al municipio le convenía contratar a un forastero para este puesto, un hombre que no dependía de nadie; en principio. Había sido un acierto por parte de la policía traer a un agente de fuera para dirigir la investigación. Una cosa estaba clara: Ari Thór nunca se habría atrevido a invadir de este modo, y de noche, la residencia del alcalde, soltando insinuaciones e indirectas.

Se levantó y corrió las cortinas. Una reacción instintiva tras esa violación policial de la intimidad del hogar. Podía esconderse de la oscuridad, pero el rumor de la lluvia era ineludible. Había tenido un día de perros y Gunnar notaba claramente hasta qué punto lo afectaba para mal este clima.

Encendió su máquina de café expreso. Por norma no tomaba café por la noche, pero a estas alturas lo más probable es que, de todos modos, no pudiera dormirse pronto.

Le entraron ganas de llamar a su mujer. No para hablar de la visita de los policías, sino sólo para lograr alguna toma de tierra. Todavía no era muy tarde para telefonear a Noruega, pero la relación entre ellos se había vuelto tan tensa que las llamadas sin motivo ya eran historia. Ella se sorprendería al oírlo y le preguntaría qué quería, y luego se produciría un silencio embarazoso en la línea entre Siglufjördur y Oslo.

En su lugar llamó a Elín. Habría querido acercarse un momento a su casa, pero le daba reparo:

una visita a esas horas podría causar un malentendido innecesario. El alcalde del pueblo y la teniente de alcalde; no había necesidad de alimentar las habladurías que a buen seguro ya circulaban.

Ella contestó rápidamente, como lo hacía todo; era muy inteligente y rápida de reflejos, y respondía rauda a cualquier cosa que él le pedía en el trabajo.

—La policía se ha presentado en mi casa —dijo sin preámbulo.

—¿Se ha presentado? ¿En tu casa? —preguntó Elín.

—Sí.

—¿Y... qué querían?

—Saber por qué me llamó Herjólfur antes de ayer.

Silencio en la línea.

—¿Y qué les has dicho? —preguntó al fin ella.

—Lo que acordamos, claro.

—¿Y te han creído?

—Bueno, me parece que sí. Sí, estoy seguro.

Gunnar se calló. Sabía lo mucho que había en juego y lo improbable que era que el asunto se hubiera acabado con esa visita.

Hoy es el primer día en el que nadie está apostado a la puerta de mi cuarto.

Claro que estaban cuidando de que no me hiciera daño. Menos mal que, de todas maneras, tenía cierta libertad de movimientos. La puerta estaba entreabierta y me dejaban ir solo al baño y a la ducha.

De todos modos, no habría intentado ninguna triquiñuela, aunque no hubiese habido nadie vigilándome. Ahora mismo quiero seguir viviendo, a pesar de que todavía tengo un poco de miedo, como siempre.

Pero ahora parece que lo peor ya ha pasado y será por eso por lo que ya no cuidan de mí las veinticuatro horas del día, como si fuera un crío pequeño.

La sesión matutina no ha estado mal. El personal y los pacientes juntos charlando como iguales, por supuesto sólo en apariencia. Ningún médico a la vista, como de costumbre. Al parecer los médicos apenas se dejan ver dentro de la unidad. Ahí había

ATS, asistentes sanitarios y algunos no cualificados (no me entero muy bien de quién es quién, aún no). Nadie lleva uniforme, pero a los empleados se les reconoce por los llaveros que siempre tienen entre manos.

Yo no he dicho nada durante la sesión; me he limitado a escuchar. Las conversaciones han girado más que nada sobre la programación de hoy. Estamos en pleno verano, así que la mayoría está deseando salir al jardín. Yo aún tengo por delante unos cuantos días bajo techo, o eso me han dicho. Y, sin embargo, me apetecía salir al calorcillo; aquí dentro el aire anda algo viciado. De todas formas hay una terraza, pequeña y coqueta, al final de mi pasillo. Tengo muchas ganas de salir ahí fuera, respirar el aire fresco y disfrutar del sol un ratito, pero la puerta está cerrada con llave, como cabía esperar. La terraza es como un espejismo en el desierto.

Y, sí, la sesión de la mañana ha resultado incluso un poco divertida, porque una vez ha quedado clara la agenda del día, los pacientes han empezado a quejarse los unos de los otros. A uno le ha dado por pedir otro cuarto, porque su compañero de habitación era un cascarrabias y casi violento; el otro no se ha cortado ni un pelo al defenderse, y con tanto ímpetu que prácticamente le ha dado la razón. Y así ha continuado la cosa durante un rato sin que se haya llegado a ninguna conclusión. El personal no parece nada preocupado por solucio-

nar cada capricho de los pacientes, pero las trifulcas de ese tipo deben de tener alguna finalidad. La de limpiar el aire, proporcionar a la gente la oportunidad de soltar la ira acumulada sin llegar a las manos.

CAPÍTULO 11

Ari Thór durmió mal esa noche. Se despertó varias veces y le costó conciliar el sueño de nuevo mientras la lluvia se abatía sobre el tejado de la vieja casa. Por lo general se sentía a gusto en su hogar, pero esta vez tenía frío y notaba una amenaza difusa en el aire.

Seguro que la gripe era la responsable última del insomnio, más que el ataque a Herjólfur. El caso había desconcertado a Ari Thór, sobre todo al advertir lo poco que había faltado para que él mismo hubiera sido la víctima. Si no hubiera estado enfermo…

Aun así, no era la preocupación por Herjólfur lo que no le dejaba dormir. No había llegado a crear ningún vínculo personal con su nuevo superior. Por supuesto, esperaba que el comisario se recuperase del todo, o al menos que sobreviviera. Resultaba terrible que un agente de policía perdiera la vida de esta manera y, en ese caso, no importaba de quién se tratase. Y ahora que había conocido tanto a la esposa como al hijo de Herjólfur, Ari Thór sentía una desbordante compasión por la familia de su colega.

El silencio se había impuesto en el coche patrulla mientras Tómas llevaba a Ari Thór a casa, agotado como estaba. Ya desde su primer invierno en Siglufjördur, Ari Thór siempre sentía una ligera claustrofobia cuando la nieve empezaba a caer con fuerza, incluso aunque el nuevo túnel implicaba que era casi imposible quedar aislado por la nieve. Cuando llegaron, Kristín ya estaba dormida. No intentó interrumpir su sueño.

A la mañana siguiente se despertaron cuando el bebé comenzó a moverse a las seis, sobre la hora acostumbrada. Al principio, los ruidos eran leves y aún quedaba una oportunidad de que pudiera volver a quedarse dormido si le dejaban solo, pero al final se despertó del todo y empezó a exigir atención.

Tanto Kristín como Ari Thór debían ir al trabajo ese día, así que Stefnir se iría a casa de la niñera, una simpática anciana que vivía cerca y que les había caído bien a los dos, aun cuando les resultaba difícil dejar al niño con una extraña. Pero no había más remedio.

Kristín se mostraba inusualmente callada esa

mañana, y eso que Ari Thór ya se había acostumbrado a sus silencios en las últimas semanas. El agotamiento ofuscó su habitual e inquieto estado de aceptación, miró el aguacero que no dejaba de caer, el hielo que cubría los bordes de las ventanas, la condensación que velaba el centro y, en cierto modo, sintió, también su relación. Esta vez, sin embargo, no pudo contenerse:

—¿Va todo bien, cariño?

—Sí, claro que sí —contestó ella, sin mirarle a los ojos.

Él esperó un momento a que diera una explicación más verosímil, escrutándola para luego apartar la mirada y revolver el muesli en su cuenco, luchando por no molestarse.

Tómas acudió a buscar a Ari Thór y se fueron en el coche patrulla a la casa junto al túnel de Strákar.

—He hablado con la Científica —dijo Tómas mientras aparcaba cerca del lugar donde se había encontrado el vehículo de Herjólfur—. No han descubierto ningún indicio de quién puede ser el agresor.

—Ya supongo —contestó Ari Thór—. No me esperaba que el caso se resolviera enseguida. —Se sentía mejor de la gripe a pesar de todo, aunque la fatiga no había desaparecido por completo.

—Hacía siglos que no venía por aquí, a esta vieja casa. Uf, casi no me atrevo a calcular los años que hace. Una o dos veces tuve que intervenir por un pobre desgraciado que se instaló ahí después de que abandonasen la casa —dijo Tómas.

—¿Cuándo dejó de estar habitada? —preguntó Ari Thór.

A él le recordaba a una casa encantada, aunque en su día tenía que haber sido una vivienda noble. Ahora estaba desvencijada y casi amenazante; no era un sitio donde los niños quisieran jugar, sino un cobijo perfecto para unos negocios que no aguantaban la luz del día.

—Pues... allá poco después de 1980, si mal no recuerdo. El gemelo superviviente siguió viviendo en la casa, pero no usaba más que una parte, tengo entendido. Dejó que se fuera viniendo abajo sin ponerle remedio. Luego él murió relativamente joven y nadie se molestó en poner la casa en condiciones. No valdría el dinero empleado. El precio inmobiliario en Siglufjördur tampoco ha sido muy alto en las últimas décadas, no desde que la pesca del arenque se agotó; ahora por fin se va recuperando un poco. Y tampoco es que la casa esté en el mejor de los sitios posibles, tan lejos del centro.

A Ari Thór se le pasó por la cabeza que, con una buena inversión en reformas, la casa podría ser muy buena opción para alquilar a turistas. La impresionante ubicación, en la parte exterior del fiordo, era ideal, con unas vistas magníficas en los días de buena visibilidad.

Los dos policías entraron por la puerta principal hasta un vestíbulo de aspecto desangelado. Ari Thór vaciló un instante antes de pasar, pero sabía que debía mostrar entereza. A fin de cuentas, era sólo una casa, aunque hubiera sido el escenario de dos acontecimientos horribles: la misteriosa muerte de uno de los gemelos y el intento de asesinato de Herjólfur. Intentó encender una luz, pero al parecer la casa no tenía corriente.

—Ándate con ojo, muchacho. —Siempre preparado, Tómas sacó una linterna—. Aquí a la izquierda está el salón. La mayoría de los cristales de la casa se rompieron hace tiempo. Después de que el propietario pasara a mejor vida, creo que unos niños jugaron a tirar piedras contra las ventanas y romper los cristales, así que la casa se ha ido deteriorando tanto a causa de los humanos como de las fuerzas de la naturaleza.

Tómas barrió el salón con el haz de luz de la linterna, y Ari Thór pudo distinguir una mísera mesa y unas sillas desgastadas.

—¿No hubo nadie que pasara a buscar los muebles tras la muerte del segundo gemelo?

—Está claro que no. No estoy al tanto, pero sin duda se habrán llevado lo que tenía algún valor.

—El que hizo el disparo debió de colocarse aquí —dijo Ari Thór—. Herjólfur estaba tirado en el suelo justo aquí delante.

—Exacto. La Científica ha llegado a la misma conclusión. No hay señales de disparos de advertencia ni nada por el estilo. ¿Echamos un vistazo a la planta de arriba?

Ari Thór siguió a Tómas por una escalera decrépita. Cada peldaño crujía de un modo que al joven policía le recordaba a los chasquidos de un lago congelado. Iba con cuidado, intentando pisar con tanta delicadeza como podía; no tenía ninguna gana de lastimarse en la escalera. Al principio se agarró con fuerza al pasamanos, pero al notar cómo éste se descolgaba de la pared, lo soltó en el acto.

—Aquí hacía vida el hermano superviviente. Se llamaba Börkur. Eran los gemelos Börkur y Baldur.

Tómas señaló un cuartito junto a la escalera. Bajo el haz de la linterna se podía apreciar un camastro y una mesilla de noche.

—Aquí es donde estaba el borracho la última vez que entré en la casa —continuó Tómas—. Cualquiera diría que no le asustaba dormir justo aquí.

—¿Por qué iba a asustarse?

—Bueno, fue aquí donde murió Baldur. O, mejor dicho, se cayó desde el balcón de aquí. —Tómas dirigió la luz hacia la puerta de éste.

—¿Se puede salir al balcón? —preguntó Ari Thór.

—Ni idea, pruébalo tú mismo si quieres.

Los goznes de la puerta giraron con un escandaloso chirrido y Ari Thór salió a trompicones al balcón, que resultaba bastante pequeño. Deslizó la mirada por el fiordo matutino y su pensamiento regresó inexplicablemente a Kristín. ¿Le había hecho algo? ¿Por qué se comportaba así?

—¿Cuántos años tiene la casa? —le gritó a Tómas desde fuera.

—No estoy seguro. Se construiría allá por los años treinta, me figuro. Sin escatimar en gastos. El padre era un marinero con una buena situación económica, pero se ahogó en el mar y los gemelos crecieron con la madre. Ella nunca volvió a casarse.

—Se aprecia por el balcón —dijo Ari Thór.

—¿El qué?

Tómas ya se asomaba por la puerta.

—Lo vieja que es la casa. Hoy en día a nadie se le ocurriría tener la barandilla del balcón tan baja; esto es peligrosísimo.

—Pues por eso se fue de bruces abajo.

Ari Thór no tenía ninguna intención de seguir el mismo camino, así que se apresuró en volver adentro.

—¿Están todos muertos? —inquirió una vez escaleras abajo.

—¿Todos?

—Baldur, Börkur y ese amigo suyo. Me dijiste que eran tres los que estaban en la casa cuando Börkur murió, ¿no?

Ari Thór intentó imaginarse qué clase de fiestas celebraban en esta casa hacía más de medio siglo, aunque le costaba.

—Sí, correcto. Sí, los tres han muerto: los gemelos y el amigo —contestó Tómas distraído, antes de añadir—: Pero a la hermana del amigo, Jódís, la conozco y sigue vivita y coleando a sus setenta y cuatro o setenta y cinco años.

Ari Thór tuvo una sensación de extrañeza sobre esta siniestra casa y una inexplicable ansia de salir huyendo. Pero estaba seguro de que allí había un misterio que resolver. Si tenía o no que ver directamente con el disparo de la noche anterior, eso no podía decirlo. Sin embargo…

CAPÍTULO 12

Helena, la esposa de Herjólfur, y su hijo iban a acompañar a un policía que salía hacia Reikiavik en coche antes del mediodía. Herjólfur seguía en estado crítico, en coma inducido en el hospital.

«Vamos a verla un momento antes de que se vaya del pueblo», había dicho Tómas. Se quedaron un ratito ante la puerta, esperando a que les abrieran. Tómas ya había tocado el timbre dos veces para luego golpear la hoja con cierta fuerza, antes de que una voz gritase: «¡Adelante!».

Obedecieron con cautela. Ari Thór iba en cabeza hacia el salón; por segunda vez en dos días se encontraba en casa de su superior, de un hombre a quien en realidad apenas conocía. Helena seguía sentada en aquel sofá blanco de mal gusto y al fondo se escuchaba una pieza de Brahms que a Ari Thór le resultaba bastante familiar.

Se diría que Helena le leyó la mente y alzó los ojos con gesto agotado.

—Era la canción favorita de Herjólfur —dijo como si estuviera recitando un dato sin mayor calado, una afirmación carente de todo sentimentalismo—. Voy a pedir que la toquen en el funeral.

Sus palabras cogieron a Ari Thór desprevenido. Al parecer, ella había perdido toda esperanza.

—¿Nos podemos sentar? —preguntó Tómas con educación.

—Por supuesto. ¿Sois vosotros quienes nos vais a llevar en coche a Reikiavik?

—No —contestó Tómas con voz serena—. Se ocupará otro agente, vendrá a buscaros más o menos en media hora. Sólo queríamos hablar un rato contigo antes de que os fuerais.

Ella trató de sonreír otra vez.

—Por supuesto. A ti te conozco. —Señaló a Ari Thór—. Pero ¿quién eres tú?

—Me llamo Tómas. Fui comisario aquí antes que tu marido.

—Tómas, ah, sí, claro. Herjólfur ha mencionado tu nombre en alguna ocasión. ¿Has vuelto para reasumir el puesto?

—En absoluto. Sólo he venido para hacerme cargo de la investigación.

La canción terminó y se produjo un breve silencio antes de que la misma melodía comenzase de nuevo.

—Es una canción bonita —dijo Helena—. Sabía apreciar la buena música y la buena literatura, eso no se lo quitaba nadie. —Seguía hablando de su marido en pasado.

—Según tengo entendido, Herjólfur estaba investigando un caso relacionado con aquella casa, donde sufrió… el ataque —dijo Ari Thór con delicadeza—. ¿Sabías algo de eso?

—No… No hablábamos mucho de esos temas, Herjólfur y yo. No comentaba nada del trabajo.

—¿Recuerdas algo que pueda darnos alguna pista sobre ese disparo? —inquirió Tómas.

—¿Alguna pista? —Reflexionó—. No me he puesto a pensar en ello. Ya no hay vuelta atrás, de todas formas. ¿No fue sólo una lamentable casualidad? —Y añadió clavando una mirada vacía en Ari Thór—: Igualmente podría haberte tocado a ti.

El joven policía se estremeció.

—Perdonad, pero ¿os puedo preguntar una cosa? —añadió ella educadamente—. ¿Recibiré alguna compensación por su muerte, lo suficiente para mantener a la familia? ¿Cómo funciona eso en la policía? La verdad es que no sé cómo podría volver a trabajar fuera de casa… —Suspiró—. Dejé de trabajar al poco de que nos conociéramos; me rompí la pierna de mala manera al caerme de un caballo. Herjólfur se ocupó de mantener a la familia desde entonces. La verdad es que no sé…

—No te preocupes, cuidamos de los nuestros —la tranquilizó Tómas y fue como si a Helena le quitaran un peso de encima—. Y aún tenemos la esperanza de que tu marido salga de ésta. —No había ninguna convicción en sus palabras.

—No tendrá mucha prisa ese hombre que nos va a llevar a Reikiavik, ¿no? Mi hijo va a venir también y ha salido un momento a una tienda.

—Ningún problema —contestó Tómas.

Ella sonrió.

—Perfecto, bueno es saberlo. Y a lo mejor ya ha vuelto; el chico, me refiero. Es que tiene su apartamento en el sótano, y entra y sale cuando le place. No te das ni cuenta. Ya sale con una chica, tengo entendido. Habrá volado del nido en un visto y no visto. —Desplegó una débil sonrisa.

—Tu marido acababa de reincorporarse tras una excedencia cuando os mudasteis aquí al norte, ¿es correcto? —preguntó Tómas.

Helena titubeó un instante por primera vez durante la conversación.

—He estado enferma —respondió arrastrando las palabras, como si tuviera que obligarse a contarlo—. Caí en una especie de depresión. Herjólfur se tomó una excedencia para atenderme.

—Lo siento —repuso Tómas, medio apurado—. Espero que te hayas recuperado por completo.

Se levantó.

Ella le sonrió de nuevo, una expresión vacía de sentido. Ari Thór se preguntó si se habría recuperado del todo de la depresión o si quizá el impacto le había provocado una recaída. Ella se desplazó con incomodidad en el sofá blanco y movió una pierna de manera extraña mientras ponía una mueca e intentaba ponerse cómoda.

—Os agradezco la visita. Han sido unas horas muy raras desde ayer. Pocos han llamado y nadie ha pasado por casa. A la gente le da reparos molestar. En realidad tampoco tenemos muchos amigos, de todas formas. Por eso ha sido bueno veros a vosotros. Siento no haber sido de mucha ayuda.

—No te preocupes. Nosotros nos haremos cargo. Hay un equipo numeroso trabajando en el caso, nuestros mejores agentes. Llegaremos al fondo del asunto, te lo aseguro —concluyó Tómas, y no cabía duda de que hablaba en serio.

—Quizá debería haberos ofrecido un café… —dijo Helena en tono de disculpa—. Perdonad el descuido.

—No te preocupes. Que os vaya lo mejor posible en la capital —replicó Tómas.

Aun así, Ari Thór no se sentía para nada optimista y, de hecho, estaba convencido de que sólo era cuestión de tiempo que aquello se convirtiera en una investigación por asesinato. Sentía que de alguna manera debía a la familia de Herjólfur esforzarse al máximo para encontrar al culpable.

Hoy ha sido un día un poco difícil, a decir verdad. Cuesta estar metido aquí dentro con este calor. No tenía intención de pasar el verano de este modo, ahora que mi año sabático está a punto de comenzar; iba a aprovechar para viajar algo y decidir qué hago con mi vida. De todos modos, sé cómo va a acabar todo y, en realidad, tengo poco que decir al respecto. Pero es agradable soñar. Hablando de sueños, la noche pasada soñé que aprendía a tocar el piano, algo que no hacía desde pequeño. No estoy seguro de si oía la melodía en el sueño o no; probablemente no, pero por supuesto la conozco bien. Cuando me desperté, seguía sonando en mi cabeza y parecía haber echado raíces allí. Es una sensación agradable tener una melodía en la mente todo el día. Es una pieza que ha sido mi favorita desde hace mucho, pero todo es mejor si se toma con moderación.

Todavía nadie ha venido a visitarme. Sé de sobra que a mi madre pasar a visitarme le iría grande, así que no puedo exigirle mucho en ese sentido.

No le sobran fuerzas. Mi padre me lo dejó muy claro cuando me internaron: no pensaba visitarme de inmediato. Dijo que yo necesitaba tiempo para reponerme, después miró al doctor y le preguntó si eso no era lo más sensato. El médico se encogió de hombros con indiferencia para luego mirar su reloj, como si no tuviera más tiempo para mí.

Y Hanna, desde luego, no va a venir de visita; eso está claro. No creo que quiera volver a verme. Probablemente le encantaría saber que me han encerrado en la Unidad Psiquiátrica del Hospital Nacional. Dios mío, encerrado en el ala de Psiquiatría. Sobre el papel no tiene buena pinta, pero así son las cosas.

De todas maneras, puedo consolarme con el hecho de que sé muy bien que éste no es mi sitio... Por otro lado, ¿no es eso lo que piensan todos los pacientes?

La cena ha resultado bastante insípida, lo cual, quizá sea lo de menos, habida cuenta de la mala pinta que tenía. Ese amasijo poco apetitoso debió de pescarse alguna vez, pero no sé qué clase de pescado era (ni cuánto tiempo hace que lo fue).

A lo mejor debería probar a leer durante el día. Hay algunos libros ahí fuera. No he querido instalarme demasiado cómodamente aquí; ésta va a ser una estancia corta. Pero no me iría nada mal leer un libro, aunque dudo que el surtido de aquí sea de mi agrado. Tengo muy buen gusto, sí, un gusto desarrollado. Seguramente inusual para un chico de mi edad. Los clásicos islandeses del siglo XX *como Thórbergur Thórdarson, Halldór Laxness, y Ernest Hemingway… Ésos son los míos.*

Me gustaría mucho ponerme a estudiar Teoría de la Literatura, pero en eso no tengo ni voz ni voto. Mi camino ya está escrito y, para ser sincero, le temo al futuro. Tengo que romper los muros y escaparme de mí mismo, por así decirlo. Sólo que no sé si puedo, y menos aún si éste es el sitio correcto.

Ahora estoy cansado. Confío en ver mañana al doctor Helgi, para hablar de lo mal que me siento. Tal vez todo remonte. Más vale intentar ser optimista.

El cuaderno se va a su buen escondite; debajo del colchón. Nadie lo ve allí. Guarda mis secretos.

CAPÍTULO 13

Elín ya ni se molestaba en llamar a la puerta de su despacho, sencillamente la abría con cuidado y se asomaba.

Gunnar lo notó enseguida y no dejó que tales confianzas le irritaran, aunque habría preferido un comportamiento algo más profesional cuando se encontraban en el trabajo.

—¿Qué te cuentas, Elín? Siéntate, por favor —dijo él.

Ella cerró la puerta tras de sí.

—Sólo quería saber cómo estabas —comenzó ella cálidamente, sentándose enfrente de él.

Gunnar estaba detrás de su escritorio, el escritorio del alcalde. Era una mesa antigua e impresionante, en estridente discordancia con los demás muebles del despacho, que parecían haber salido de un catálogo de rebajas de mediados de los noventa, que nadie se había molestado en renovar.

—Pues bastante bien, con mucho lío. —Evitó su mirada.

En todo el día no había pensado en otra cosa que en la visita de los dos policías, pero eso era algo que no le iba a confesar a ella.

Se reclinó en el sillón y puso los pies encima del escritorio para subrayar su talante despreocupado y recordarse a sí mismo que una vez había sido un chaval con el futuro por delante. Ahora el futuro había llegado y él se había convertido en un funcionario trajeado que sabía más de las finanzas municipales que de las últimas tendencias musicales, un tema que antaño le apasionaba.

—No me cuentes milongas, no me lo trago —sonrió ella.

—No es ninguna milonga, en absoluto. —Respiró hondo—. No han hablado contigo, ¿verdad?

—No, claro que no. Y en todo caso yo no diría nada; eso lo sabes perfectamente.

—Sí, perdona. Es que resulta muy molesto. Ese tipo, Tómas, fue insistente, aunque sin ser exactamente grosero. Fue como si estuviese convencido de que yo tenía algo que ver con ese… incidente. —Bajó los pies de la mesa y se levantó—. Maldita sea, no puedo tolerar este tipo de cosas. —Dio un golpe con la palma de la mano en el tablero de la mesa, con más estrépito de lo que quería.

Elín se puso en pie como un resorte y se acercó a él, le puso la mano en el hombro y lo empujó suavemente hacia abajo de regreso al sillón.

—Relájate. Todo va a salir bien.

—Ésta es mi gran oportunidad, ¿entiendes? —contestó, y durante un rato se sintió como si estuviera hablando con su esposa—. Mi trampolín. Nunca habría tenido la oportunidad de un trabajo como éste de no haber sido por un enchufe y una suerte loca. Y no lo voy a joder.

Elín se puso detrás de él y comenzó a masajearle los hombros:

—No permitas que eso te descoloque. Salta a la vista que a la policía le ha entrado el pánico, eso es todo. Hay un comisario asesinado, o poco menos, y el agresor anda suelto.

Mientras hablaba había bajado un poco las manos, le acariciaba el cuello suavemente con los dedos. Gunnar no sabía cómo reaccionar. Esto resultaba agradable, quizá demasiado. Y no vio razón para comentar nada, aún no. No estaba haciendo nada malo, sólo estaba sentado allí. No se le podía acusar de nada indecente. Ella siguió hablando… y acariciándolo.

—Hay una reunión de la autoridad portuaria prevista para luego, pero la pospondré para que puedas relajarte un poco. De todos modos, tengo que subir a Skardsdalur a ver a unas personas de allí por una remodelación en la estación de esquí, y es posible que me lleve todo el día.

Y dicho esto pasó lo que Gunnar había temido y, a la vez, deseado: lo besó con suavidad en el cuello. Él aguardó un segundo, dejando que la sensación de placer le inundase el cuerpo. Luego se dio la vuelta:

—Oye, no nos pasemos —dijo un poco cortado, recordando en un instante a su esposa en Noruega.

Elín dejó caer las manos.

—Sí, perdona. Perdona.

CAPÍTULO 14

Cuando Kristín por fin tuvo una pausa y miró su móvil vio que su madre había llamado cinco veces.

Tres intentos antes del mediodía podían considerarse normales; una prueba de lo impaciente que podía resultar a veces su madre cuando tenía que hablar de algo. En cambio, cinco dejaban claro que debía responder esa llamada. Aun así, daba por sentado que todo iba bien. Era sólo que su madre era propensa al melodrama, tan diferente a su hija en ese sentido. Su padre era el sereno de la familia, meticuloso, inventivo y realista; el típico capricornio.

Cinco llamadas perdidas, pero ni un SMS. Típico de su madre. Un mensaje de texto o incluso en el buzón de voz no podía transmitir su dramatismo con suficiente eficacia. Por eso prefería, casi sin excepción, la palabra hablada a la escrita.

—¡Kristín! —contestó tan pronto como sonó la señal. Nada de «hola», sólo una exclamación canturreada.

—Hola, mamá —dijo la hija, con voz cansada.

—¿Qué te cuentas, cariño?

Kristín estaba exhausta. El niño solía despertarla las pocas veces que conseguía pegar ojo y, entretanto, sus preocupaciones por la relación con Ari Thór la mantenían desvelada. Eso, claro, no podía seguir así mucho tiempo, pero no iba a compartirlo con su madre.

—Todo va bien, mamá. Todo va bien.

—Claro que sí. ¿Está Stefnir ahí por algún lado? Lo oigo, ¿verdad?

—No, mamá, es sólo el sistema de megafonía de aquí, del hospital. Él está con la niñera. —Suspiró. La enésima conversación sobre nada.

—¿Estás en el trabajo? ¿No trabajas demasiado, cariño? —preguntó la madre con un tono que no ocultaba su preocupación.

—Acabo de reincorporarme tras la baja por maternidad, pero está bien. Todos tenemos que trabajar.

—Claro que sí. ¿Y Ari Thór y tú estáis bien?

—Sí, mamá. Estamos bien.

—Claro que sí, cariño. Formáis los dos una pareja estupenda, estáis hechos el uno para el otro. Está claro que él es justo lo que te conviene. A ver si vais pensando en casaros, no se te vaya a escapar semejante chollo. —Su madre soltó su risa de cortesía estandarizada—. Ese niño tiene suerte de tener unos padres tan sólidos, una familia tan fuerte. Como tú. Es una ventaja enorme para los hijos que los padres sean felices.

Kristín notó un pinchazo en el corazón.

—Bueno, mamá... —dijo, desesperada por cambiar de tema. Miró su reloj: no tenía intención de gastar toda la pausa del café colgada del móvil.

—Sí, cariño. Siempre es un gusto oírte.

—Lo mismo digo, mamá. ¿Ocurre algo? He visto que me has llamado varias veces esta mañana.

—Sí, intentaba localizarte. Tu padre y yo vamos a adelantar el regreso a Islandia —dijo con la alegría permeando cada palabra.

—¿Adelantáis vuestra vuelta?

—Sí, hemos reservado un vuelo dentro de dos semanas. Yo ya había avisado en el trabajo y tu padre ha llegado a un acuerdo con sus jefes para poder continuar los preparativos de la apertura de la sucursal islandesa desde Islandia mejor que desde Noruega.

Su madre era arquitecta y había trabajado como tal en Noruega. Su padre, por su parte, llevaba trabajando como consultor en el sector pesquero en Noruega desde que perdió su empleo en Islandia a raíz del colapso económico del país en 2008, y ahora se había embarcado en una especie de expansión en el extranjero para su empleador noruego, una expansión a la islandesa, pero a la inversa de la de los años de las vacas gordas de la burbuja financiera en Islandia, cuando los mandamases de bancos y empresas islandeses —los vikingos de las finanzas— quisieron conquistar el mundo expandiendo sus operaciones al extranjero, con fatales consecuencias para el país.

—¿Y ese cambio? Creía que volveríais en verano.

—Es sólo que nos hace mucha ilusión veros de nuevo y pasar tiempo con el principito, claro. —Se produjo un silencio—. Y, además, hemos estado siguiendo las noticias de la radio…

Kristín sabía que con lo de «la radio» se refería a Radio Nacional de Islandia, que escuchaban a través de internet. Habían conectado el televisor de casa a la red, de modo que podían ver los canales islandeses y, por último aunque no por ello menos importante, estaban suscritos a las ediciones digitales de los periódicos islandeses, que devoraban de cabo a rabo en sus tabletas. Los medios de comunicación noruegos no parecían tener ningún interés para ellos. Kristín no dudaba que ahora seguían con más atención la actualidad islandesa que cuando vivían en Islandia, y a menudo citaban a célebres comentaristas y directores de programas en sus conversaciones con ella, presuponiendo que su hija estaba tan al día como ellos en esos asuntos. Pocas veces era así.

Lo primero que Kristín había hecho el día anterior, cuando salió en los medios la noticia sobre el disparo, había sido llamar a sus padres para asegurarles que el policía tiroteado no era Ari Thór.

—Este ataque recibe tanta cobertura que una se asusta —añadió su madre—. Es increíble que hayan disparado a un agente de policía. ¡En Islandia! Dicen que es la primera vez que alguien dispara a un policía y creo que están en lo cierto. En la vida podría haber imaginado algo así. Siempre había pensado que Islandia era el lugar más seguro del mundo. En cualquier caso, todo eso nos ha dado el empujoncito que nos faltaba... Es un horror estar tan lejos cuando pasan cosas así de terribles. Ari Thór tiene que estar pasándolo fatal.

—Sí, desde luego.

—Bueno, sólo quería contártelo. Nos hace mucha ilusión volver a casa.

—A nosotros también —dijo Kristín.

Ciertamente, echaba de menos a sus padres, pero aun así la ansiedad le hizo un nudo en el estómago al pensar en su inminente retorno. Las cosas no eran tan de color rosa como su madre se imaginaba.

¿Quién demonios tuvo la ocurrencia de que un color naranja tan chillón como éste tendría efectos beneficiosos sobre los pacientes de una unidad psiquiátrica? El colchón es naranja, y la silla también; la puerta, de un marrón oscuro; una paleta de colores del mismísimo infierno. No consigo estar alegre en mi cuarto y tampoco tengo muchas ganas que se diga de relacionarme con la gente de ahí fuera.

Sí, hoy estoy de mal humor. Por fin me he encontrado con la enfermera y le he preguntado cuándo podía tener consulta con el doctor Helgi.

«Ahora no —ha dicho—. Esta semana no.» Esquiva y fría. Como si me tuviera manía. Y como si estuviera diciéndome qué tiempo hacía y no informándome de que no iban a permitirme ver a mi médico esta semana. Así, ¿cómo voy a hacer algún progreso? Debo verlo.

«¿Por qué no?», le he preguntado más cabreado que de costumbre; me sentía hecho una furia.

Ella ha retrocedido un paso, lo he visto a la le-

gua. ¿Me tenía miedo? Quizá había sido demasiado arisco.

«No quiere verte enseguida —ha contestado—. Necesitas más tiempo y él está muy ocupado, pero le he hablado bien de ti.»

Sus respuestas no me han dejado más tranquilo, ni mucho menos.

CAPÍTULO 15

Ari Thór hizo la guardia en solitario en la comisaría, tras la llamada «reunión de pizarra» con Tómas.

El antiguo comisario había adoptado toda clase de nuevas costumbres en el puesto nuevo. Se mostraba un pelín más formal y organizado que antes y mantenía ahora una especie de contabilidad, apuntando con rotulador los principales puntos del caso en la pizarra de anotaciones, la cual básicamente había permanecido intacta hasta entonces.

Habían surgido pocas novedades y no había necesidad alguna de reunirse, pero Ari Thór no puso objeciones. Lo más destacado era que la solicitud para dar con el titular del número del teléfono desde el cual se había hecho la llamada a Herjólfur poco antes de que recibiera el disparo había resultado ser una vía muerta. El número estaba sin registrar y, al parecer, ya habían quitado la tarjeta SIM del móvil, de modo que no había forma de rastrearlo. La llamada había pasado por un transmisor situado en Siglufjördur, así que procedía del pueblo, pero no habían logrado determinar su origen con más precisión. Con todo, lo más sorprendente era que ésa había sido la única llamada que se había efectuado desde ese número.

—He solicitado información sobre las llamadas entrantes y salientes de tu alcalde —añadió Tómas—. No debería tardar demasiado.

—¿No creerás en serio que él ha...?

—No descartamos nada cuando intentan matar a un agente de policía —lo interrumpió Tómas.

Después de eso, Tómas se había despedido, diciendo que iba a visitar de nuevo a Addi Gunnu.

—Mejor que te quedes aquí al pie de cañón mientras tanto —había dicho; estaba claro que le resultaría más fácil hablar con Addi a solas.

Una vez se quedó solo en la comisaría, el pensamiento de Ari Thór voló hasta Kristín. Le había llamado para darle la noticia sorpresa de que sus padres regresaban a Islandia mucho antes de lo planeado. Le alegró oírlo; les tenía afecto, aunque ante todo lo que más apreciaba era tener una familia amplia. Y tampoco estaría mal que les echaran una mano cuidando a Stefnir de vez en cuando. Así quizá podrían salir a cenar o al cine los dos juntos alguna tarde. Hacía una eternidad desde la última vez. A lo mejor la extraña apatía de Kristín en los últimos tiempos se debía a eso: estaba sometida a demasiada presión y nunca tenía un momento para relajarse. Ari Thór suspiró y se frotó las sienes con los pulgares. Algo iba mal y no sabía si tenía la fuerza suficiente para afrontarlo.

Ari Thór se sobresaltó cuando alguien dio unos golpecitos en una de las ventanas de la comisaría. Echó un vistazo rápido por encima del hombro y vio una cara conocida: la del profesor de Historia del instituto de secundaria. Apenas habían cruzado una palabra, pero Ari Thór ya conocía de vista a buena parte de los vecinos; era inevitable en un sitio tan pequeño. El instituto se hallaba en el cercano pueblo de Ólafsfjördur, pero este profesor en concreto vivía en Siglufjördur.

El hombre señaló con la mano en dirección a la puerta como preguntando si podía entrar y Ari Thór hizo un gesto afirmativo con la cabeza, antes de ponerse de pie para recibir al visitante.

—Buenos días —saludó al recién llegado mientras se devanaba los sesos tratando en vano de recordar su nombre.

—Buenos días. —Le tendió el otro la mano, al tiempo que se presentaba—: Soy Ingólfur.

—Sí, me suenas —contestó Ari Thór tratando de ser amable—. Eres profesor en el instituto, ¿verdad?

—Eso es. —Se le notaba un titubeo en la voz,

como si prefiriese estar en cualquier otra parte—. Enseño Historia.

Ari Thór aguardó a que Ingólfur revelara el motivo de su visita, mientras éste permanecía inmóvil, allí de pie, como si estuviera buscando las palabras correctas.

—Pues, ya ves, creo que… —murmuró al fin, mientras Ari Thór se impacientaba—, creo que a Herjólfur le han disparado con mi escopeta.

CAPÍTULO 16

Ingólfur se quedó de pie como un pasmarote, cabizbajo, y enterró la cara entre las manos. Era inusualmente alto, bastante voluminoso, sobre todo alrededor de la cintura; quizá en su día llegó a estar en buena forma, pero ya no era así.

—¿No quieres sentarte? —dijo Ari Thór, tras un silencio breve pero agobiante.

—¿Eh? Sí —farfulló el otro, alzando al fin la mirada.

A primera vista, resultaba difícil creer que ese tipo lograse mantener la atención de unos alumnos jóvenes y revoltosos. Pero quizá ése no era su talante habitual, tal vez verse en la comisaría lo atenazaba.

Ari Thór iba a invitarle a pasar al pequeño cuarto de reuniones —a veces llamado la sala de interrogatorios, en un intento de elevar la rutina a un nivel más profesional—, pero Ingólfur le tomó la palabra y se sentó en la silla más próxima, delante del escritorio de Hlynur. Por un instante, algo en ese hombre le recordó a Hlynur los días y semanas antes de que se suicidara. Una mezcla de apatía y titubeos, temor y distanciamiento.

—Verás… —empezó Ingólfur, pero la frase se perdió en algún lugar por el camino.

Ari Thór aguardó paciente. Estaba claro que esto no le resultaba fácil a ese hombre que, sin duda, había tenido que reunir valor para presentarse en la comisaría.

Ingólfur suspiró hondo.

—Siento que me esté costando tanto ir al grano… El caso es que alguien tomó prestada mi escopeta, o eso creo. Y me da que la usaron para… —Habló con rapidez, sin apenas respirar hasta acabar la frase.

—¿Por qué crees que alguien cogió tu escopeta? —preguntó Ari Thór, que había tomado una grabadora de su escritorio y la había puesto a registrar aquella entrevista.

—Es que me di cuenta ayer, ¿entiendes? La escopeta ya no estaba.

—¿Ayer, dices?

Se mostraba ponderado como de costumbre, procurando hablar despacio y con calma, dada la agitación de su interlocutor.

—Sí, justo, sí.

—¿Y por qué no acudiste a nosotros ayer?

—Bueno, verás… —Vaciló de nuevo—. Desde

luego tenía que haber venido ayer, pero es que quería cerciorarme, ¿entiendes?, antes de salir corriendo y meterme en líos... Quería cerciorarme de que mi hijo no la hubiera cogido. Y él asegura que no lo hizo. —Levantó la mirada de golpe, con el pánico tiñendo sus facciones—. Por favor, no me malinterpretes. A él no le interesan las armas de fuego y... Bueno, lo cierto es que en parte es culpa mía, por guardarla en el garaje sin echar la llave, ¿sabes? No obstante, no podía quedarme callado sin más, si resulta que el pobre hombre recibió un disparo de mi escopeta...

—Sí, supongo que tendrás que responder algunas preguntas más adelante, por guardar el arma de esa forma —asintió Ari Thór—, pero dejemos eso de lado por ahora. ¿Decías que tu hijo negó haberse acercado a la escopeta?

—Eso es.

—¿Y le crees?

—¿Eh? Sí, por supuesto que sí.

—¿Y tú? Supongo que no tendrás nada que ver con ese disparo... —Lo soltó medio en broma, pero Ingólfur no pareció captarlo.

—¿Cómo? ¡No! ¿Qué quieres decir? No conozco a ese hombre de nada. ¿Crees que yo he... o sea... crees que he intentado matarlo?

—No he dicho eso. ¿Quién más vive contigo? ¿Es una vivienda unifamiliar o un bloque de apartamentos?

—Unifamiliar. Vivimos allí mi mujer y yo, además de nuestro hijo. Él acaba el instituto esta primavera. Asiste a mis clases y le va bastante bien... Pero, escucha, en cuanto a lo de la escopeta, ¿podríais evitar filtrárselo a la prensa?

—No acostumbramos a filtrar cada detalle a la prensa.

—No, me refiero a si podríais mantenerme al margen. Sólo estoy pensando en mi chaval, no quiero que empiecen a molestarlo en la escuela.

El hombre parecía tener muchas cosas en la cabeza: o era un actor de primera o de verdad estaba hecho un manojo de nervios.

—¿Cuánta gente sabía que guardabas el arma en el garaje? ¿Y ese garaje está adosado a la casa? ¿Has visto a alguien sospechoso merodeando por allí?

Ingólfur no parecía saber cuál de las preguntas responder primero.

—A ver. No, no. El garaje está cerca de la casa y no he notado nada extraño. Seguramente no es complicado colarse a hurtadillas, pero sabes que nadie hace ese tipo de cosas en Siglufjördur. Aquí uno vive y deja vivir.

—Por lo general sí...

Nadie podía negar que los tiempos estaban cambiando; este sitio ya no era tan tranquilo como cuando Ari Thór se había mudado aquí, y de eso tampoco hacía tanto. En aquel entonces Tómas solía decir que en Siglufjördur nunca pasaba nada, pero ahora el pueblo estaba mejor comunicado por carretera y cada vez más a mano; había crecido en cierto modo. Más turistas, más tráfico. Desde luego que tenía sus ventajas, pero también sus inconvenientes.

—¿Cuál era la primera pregunta?

—¿Quién más sabía que guardabas allí la escopeta?

—No es ningún secreto. Lo más seguro es que muchos estuvieran al tanto. Estoy en un club de caza, y la gente del club sabe que tenía una escopeta, pero nunca harían algo semejante; jamás le pegarían un tiro a un policía, quiero decir.

Ari Thór sacó un folio y un bolígrafo y pidió a Ingólfur que anotara los nombres de sus compañeros de club. Pronto hubo cinco nombres en la lista que le entregó.

—¿Y la munición? ¿También la guardabas allí?

Ingólfur titubeó, bajando los ojos. ¿Iba a decir la verdad o a mentir?

—Creo que sí... No siempre, pero en esta ocasión sí que la tenía en el garaje.

—¿Y ha desaparecido parte?

—No estoy del todo seguro, no sé cuánta tenía.

Ari Thór asintió con la cabeza y se quedó callado unos segundos, dejando que el profesor sudara un poco.

—Por el momento, esto queda entre tú y yo —dijo a continuación con firmeza.

Últimamente, caía en la cuenta de que iba pareciéndose a Tómas en su discurso y sus formas.

—¿Cómo? Sí, claro.

—Haré que mi colega y los de la Científica pasen por tu casa.

—Es ilegal guardarla así, en un garaje sin cerrar con llave, ¿verdad? —Ingólfur parecía preocupado y ya se arrepentía de haber ido a la policía—. ¿No podemos decir que el garaje estaba cerrado a cal y canto? Que el ladrón entró por la fuerza…

—Desde luego que no.

Ari Thór se preguntó si, en efecto, Ingólfur tendría algo que ocultar; si a lo mejor había dado un paso al frente por iniciativa propia porque sabía que tarde o temprano saldría a la luz que la escopeta usada era suya.

Por un instante se preguntó si no estaría ahora mismo delante del culpable.

Las noches son lo más difícil. A veces sí que consigo pegar ojo, y eso está muy bien, pero la mayoría de las ocasiones me quedo desvelado, escuchando el «silencio». Aunque aquí nunca hay silencio, por así decirlo, sólo diversos niveles de ruido. Por debajo suena un zumbido general, cuyo origen desconozco; a lo mejor son las luces, el radiador, las cañerías que recorren los muros de este enorme hospital. Lo único que sé es que este zumbido te puede volver loco. Por así decirlo. También suelen oírse otros sonidos en el silencio: pasos, voces, puertas que se abren y se cierran; algunos pueden ir y venir a su antojo. Rumor de tráfico y algún claxon ahí fuera, al otro lado de la ventana, donde está la gente normal, libre de ir donde quiera.

La puerta de esta sala —o de mi cuarto, como prefiero llamarlo— ahora puede estar cerrada durante la noche. Ya no soy una amenaza para mí mismo. Tengo que admitir que resulta un poco solitario saber que el vigilante ya no está ahí fuera. ¿Es posible echar de menos la vigilancia? ¿Echar de menos que un funcionario esté sentado ahí vigilándote, vigilando cada uno de tus movimientos?

De vez en cuando intento recordarme a mí mismo que estoy aquí por mi propia voluntad. Está muy bien ser libre, aunque eso a veces conlleva una responsabilidad incómodamente grande. Uno tiene que tomar decisiones sobre tantas cosas, sobre todo hacia dónde dirigir su vida. No tengo la menor idea de cómo me va a tratar la vida, y mucho menos de cómo me voy a comportar rodeado de otra gente. A lo mejor justo por eso siento tanta ansiedad. Y a lo mejor por eso cometí ese intento de suicidio tan chapucero. Me sienta bastante bien escribir esas palabras: intento de suicidio. Uno tiene que asumir la responsabilidad de sus actos. Así me lo enseñaron y así prefiero vivir. Eso es lo que mi padre predica, aunque él mismo no siempre se lo aplique.

El aire está cargado aquí dentro del cuarto, sobre todo durante la noche. Siempre impregnado del mismo olor, una especie de tufo a hospital que cuesta describir con exactitud. ¿Lo intento? Un poco agrio, incómodo y envolvente, diría yo. La melodía vuelve a mí a veces. Hay muchas cosas en mi cabeza, pensamientos que van a una y otra parte, interponiéndose en el camino de otros, preocupaciones, tensiones, culpa. Aquí no hay mucha alegría.

A veces pienso en Hanna, en todo lo que se torció entre nosotros. O lo que se torció dentro de mí, mejor dicho. Aquello comenzó muy bien; creo que estaba enamorada. Recuerdo cuando nos conoci-

mos, en la escuela; los dos de la misma edad, pero ella mucho más madura que yo. Recuerdo cuando la vi por última vez; llorando, enfadada, desengañada. Su mirada, sí, llena de odio. Y por eso sé que no va a venir a visitarme y que es probable que nunca volvamos a vernos. Salvo de pura casualidad por la calle; la miraré avergonzado e intentaré sonreír —perdona, pero no pude evitarlo, no pude contener mi genio— y ella apartará la mirada y cambiará de acera para evitarme.

No pude evitarlo.

No pude contener mi genio.

¿Es eso lo que ocurrió realmente?

Lo que busco es la respuesta a esa pregunta.

Y esa respuesta me da miedo.

CAPÍTULO 17

«¿Habré ido demasiado lejos? ¿He ido demasiado lejos?»

Eso era lo único que Elín podía pensar mientras iba camino a Skardsdalur. Habría preferido concentrarse en la reunión que tenía por delante con los encargados de la estación de esquí, porque se esmeraba en hacer bien su trabajo, a sabiendas de que era lo bastante lista y dinámica como para poder destacar, pero también sabía que el puesto de trabajo se lo debía exclusivamente a Gunnar. Él la había contratado sin convocatoria pública a pesar de su poca experiencia laboral y de que aún no había terminado el máster.

Por supuesto, se había pasado de la raya en cierto sentido, o incluso en todos los sentidos. Se mirara como se mirase, Gunnar era un hombre casado, aunque sólo fuera sobre el papel, un viejo y buen amigo suyo, un compañero de trabajo y, por encima de todo, su jefe. Y, aun así, se había permitido ir demasiado lejos.

Pero el fin justificaba los medios. Estaba decidida a hacer un honrado intento de conquistar a Gunnar. A lo mejor «un honrado intento» no era la expresión más afortunada, porque tendría que robárselo a su esposa, destrozar su familia. Pero también era innegable que hacía tiempo que aquel matrimonio se había acabado, pese a que ninguno de los dos cónyuges quería admitirlo. Elín lo veía mejor que nadie. Se había sentido atraída por Gunnar desde la primera vez que se vieron y, sin embargo, nunca lo había tenido exactamente a tiro, no hasta ahora: un matrimonio que hacía agua, una esposa a mucha distancia, y ellos dos, Elín y Gunnar, solos y exiliados en un pueblecito perdido entre las altas montañas del norte de Islandia. No podía ser mejor.

Miró hacia las montañas en su camino a lo alto del valle. La nieve las cubría casi por completo, aunque todavía no habían abierto la estación de esquí. Las montañas de Siglufjördur siempre parecían blancas. Incluso en pleno verano se veían neveros en sus cimas. Le habían dicho que pronto —a mediados de noviembre— el sol desaparecería del fiordo, tomándose unas largas vacaciones invernales, y no asomaría de nuevo hasta el 28 de enero, cuando los lugareños celebrarían el llamado «café del sol» acompañado de rollos de crepes azucaradas. Elín apenas podía creerse que vivirían más de dos meses sumidos en la oscuridad más absoluta. Aun cuando el sol invernal en el sur de Islandia ni calentaba mucho ni subía muy alto en el cielo, por lo que a menudo resultaba más un estorbo para los ojos que cosa de provecho, le costaba figurarse cómo sería vivir en un lugar en el que el sol desaparecía sin más, ocultándose tras las montañas que rodeaban el pueblo por tres de sus lados. A ella le resultaba inquietante y amenazador. Sin embargo, los habitantes de la zona parecían haberse acostumbrado.

Su pensamiento volvió a Gunnar. ¿Había ido demasiado lejos? Desde luego que sí, pero siempre había tenido la intención de ir más lejos en su relación, así que la pregunta no estaba bien formulada. Habría sido mejor preguntar: «¿Me habré precipitado? ¿Debería haber esperado un poco más?». Aunque tampoco podía dejar pasar la ocasión. Gunnar tenía las defensas bajas en estos momentos por varias razones y la menor no era que se hubiese visto envuelto en esa investigación policial. Solo y sin respaldo, lejos de la familia. Por supuesto que necesitaba apoyo. Y por supuesto que ella debía aprovecharlo. El hecho de que había sido amiga de la familia, que le habían abierto las puertas de su hogar y que conocía bien a su mujer complicaba las cosas, eso no podía negarlo. No eran amigas en sentido estricto —entre ellas siempre había existido un mutuo aunque cortés recelo— y si ella y Gunnar empezaban una relación, estaba claro que en Noruega se montaría una buena. Pero era de esperar que el alboroto y los gritos se ahogasen en el océano que separa el país escandinavo de Islandia.

Además, ella misma merecía tener por fin a un buen hombre, o eso pensaba; un hombre al que amase, como amaba a Gunnar. Seguramente llevaba enamorada de él demasiado tiempo, de un hombre que la trataría bien. Había estado con otros que lisa y llanamente la habían tratado mal. Parecía que le atraían los tipos difíciles, incluso peligrosos.

El peor de todos había sido el último y por eso mismo sería también el último antes de casarse con un hombre decente. La oferta de trabajo de Gunnar había venido como caída del cielo: cuando él la llamó, estaba varada en un piso en un bloque de viviendas de Kópavogur —un municipio colindante con Reikiavik— junto a un hombre al que no aguantaba, pero al que no se atrevía a abandonar.

Se habían conocido en una discoteca de esa localidad, en una reunión de antiguos alumnos de su instituto. Él no había acudido a ese centro, sino que se había metido en la fiesta por equivocación, y había acabado en la mesa de Elín y sus amigas. Tenía buena planta, aunque quizá desde el primer momento exudaba cierto aire peligroso, tuvo que admitir, pero eso sólo la encendió. Así que al final salieron juntos de ahí, en dirección a la casa de él.

Y el sexo estuvo tan bien que ella se convirtió en una habitual de su apartamento. La violencia no empezó enseguida, no hasta que se mudó a vivir con él, una vez que él se había ganado su confianza y la había atrapado en su red, despertándole fuertes sentimientos. No amor, pero sí una especie de cariño temeroso y empatía. Él comenzó a subrayar sus palabras con la fuerza de sus manos cuando discutían, aunque después siempre se deshacía en perdones. Por supuesto, ella tendría que haberse largado entonces, tras el primer golpe, pero una y otra vez volvía a caer en la misma trampa. Le había costado separarse de ese malnacido, que parecía tenerla hechizada. Por eso no tenía intención de dejar escapar a Gunnar. Un hombre decente, fiable, atractivo, ambicioso y encima alcalde; en realidad, los dos encajaban muy bien. Se conocían desde hacía mucho tiempo y la promesa de un romance siempre había estado ahí a la vuelta de la esquina, al alcance de la mano.

El chico de Kópavogur se llamaba Valberg y no tenía pinta de violento. Tenía un trabajo fijo en una pequeña agencia de publicidad, causaba buena impresión, era de talante animoso y positivo, tenía muchos amigos. Pero ese destello que había notado en sus ojos la primera noche, ese peligro inminente y difuso que la atraía hacia él, resultó ser el indicio de algo más intenso. El resplandor de un fuego más grande.

Al final, la situación había llegado a tal punto

que no se atrevía a abandonarlo. La violencia iba acompañada de amenazas y unos celos enfermizos. «Si me dejas, te mato.» Y ella temía que cumpliera su palabra. Desde luego tendría que haberse ido, haberlo denunciado a la policía, pero era más fácil decirlo que hacerlo. ¿Adónde iba a ir? En absoluto confiaba en que la policía pudiera protegerla y una denuncia por amenazas no serviría de mucho. Además, sería su palabra contra la de él. Su ex tenía cuidado; nada de amenazas por escrito, nada de mensajes de texto escritos en un arrebato de ira. No, por desgracia era un tipo incómodamente listo.

Pero entonces Gunnar la llamó. Hacía tiempo que no sabía de él. Dudó un poco cuando le ofreció el trabajo, aunque luego se dio cuenta de que era su oportunidad. Podría alejarse de Valberg, al fin del mundo, le pareció. Nunca había puesto un pie en Siglufjördur, aunque sabía que el pueblo estaba —o al menos había estado— mal comunicado, a desmano. Sin embargo, aquello no fue fácil. Desde luego temía que Valberg la siguiera, que la castigara. Por eso se esfumó mientras él estaba en el trabajo. Ni se le pasó por la cabeza despedirse. Consiguió un nuevo número de teléfono y tuvo el cuidado de no trasladar su domicilio legal a Siglufjördur. Y, por último, y no por ello menos importante, para asegurarse de no dejar rastro adoptó un nuevo apellido y pasó del patronímico al apellido de su abuela materna, que ningún familiar cercano de ella llevaba ya: Elín Einarsdóttir se convirtió así en la teniente de alcalde Elín Reyndal. No formalizó el cambio de nombre, pero al menos evitaba que una simple búsqueda en internet arrojase información sobre su nuevo trabajo, su nueva vida en el norte.

Elín era consciente de que se trataba de una situación temporal. No podría ocultarse el resto de su vida.

La mayoría de las noches se despertaba bañada en sudor tras unas pesadillas horrorosamente realistas, en las que él se plantaba en Siglufjördur o en las que ella seguía en Kópavogur; en todos los casos, él estaba fuera de sí de ira y amenazaba con darle una paliza. Aun así, siempre lograba volver a la realidad y salía del mundo de los sueños antes de que él cumpliera con sus violentas amenazas, pero la sensación que le quedaba al despertarse era cada vez peor. Eso sólo el tiempo lo curaría, poco a poco. Lo que sí provocaba pesadillas todavía más terribles era la certeza de que él le haría daño si lograba entrar en contacto con ella. Valberg era así y punto. Pero esperaba que las probabilidades de que eso sucediera fuesen disminuyendo. No quería vivir mirando eternamente por encima del hombro, siempre a la fuga; sabía que era injusto y ridículo, pero el temor era un enemigo poderoso. Demasiadas veces había pensado que veía a Valberg con el rabillo del ojo, una experiencia perturbadora que había resultado ser simplemente un espejismo: el poder de una imaginación aterrorizada.

A Gunnar le había contado parte de su historia, aunque no toda. Suavizaba un poco las descripciones, rebajaba su miedo. Aun así, él sabía que estaba medio escondida y hacía lo que podía para ayudarla. En su día habían sido amigos íntimos y todavía compartían algunos secretos.

—¿Por qué no me lo has contado antes? —fue lo primero que Gunnar preguntó cuando Elín le explicó la situación—. Tendrías que haberme llamado. Llevaba siglos sin saber de ti.

Ella no intentó excusarse, no era su estilo. Además, no le debía ninguna disculpa. Eran buenos amigos, pero nada más.

—¿Crees que podemos hacer que eso de Siglufjördur funcione? —preguntó, en cambio—. Tengo ganas de largarme y el trabajo pinta muy bien.

Y todo había ido a pedir de boca, al menos hasta que la policía se puso en contacto con Gunnar por el disparo contra el agente. O, mejor dicho, hasta que Herjólfur telefoneó a Gunnar la noche anterior al ataque. Esa llamada echó a rodar una cadena de acontecimientos y Elín no se imaginaba cómo iban a acabar.

Hoy he visto un momento al doctor Helgi. Ya era hora.

No tenía mucho que decirme, pero al menos parecía que recordaba quién era yo. Es probable que sea uno de los pacientes más jóvenes de aquí y, aunque no sea un tipo memorable, ande a hurtadillas y me refugie en las sombras, mi padre es un personaje que nadie olvida. Uno que tiene la sartén cogida por el mango. Alto y fuerte; como yo también, de hecho, por desgracia.

Mi padre es decidido y arrogante. De los que siempre se salen con la suya, nadie se atreve a llevarle la contraria.

El médico me ha recetado no sé qué medicinas y yo las he aceptado agradecido; otra vez como si tuviera alguna otra opción. Había esperado que me ofreciera asiento, se reclinara en su silla y que habláramos del pasado y del futuro, de los motivos de mi ingreso aquí y de cómo lograría recuperarme.

Pero semejante conversación no entraba en el menú. Me ha echado de su despacho, primero con la mirada y luego —cuando yo no he hecho ademán de irme a ninguna parte— con un gesto de la mano. Eso ha bastado.

Hoy empiezo ya con la mediación. Por lo visto las medicinas tardan dos semanas en hacer efecto. Para entonces mi padre debería ver lo que se ha conseguido. Saldré de aquí convertido en un hombre mejor y con la promesa, como los niños pequeños, de no volver a hacer aquello nunca más.

CAPÍTULO 18

—Esto es bonito, muchacho —dijo Tómas mientras se acercaban a la estación de esquí detrás de la zona urbanizada de Siglufjördur; las níveas montañas como de ensueño, con el entorno haciéndose cada vez más invernal a medida que subían.

Ari Thór sonrió.

—¿Ya estás echando de menos el fiordo, tan pronto?

—¿Tan pronto? Claro que sí. ¡Ya lo añoraba el mismo día que me mudé al sur!

—¿Y no estáis pensando en volver? —preguntó Ari Thór con cautela.

Hubo un breve silencio antes de que Tómas siguiera hablando como si no hubiera escuchado la pregunta:

—¿Has pasado alguna vez por el paso de la Brecha?

La mirada se le fue a Ari Thór arriba, hacia la antigua carretera, que había sido la única vía de comunicación terrestre de Siglufjördur con el mundo exterior hasta que el primer túnel se inauguró a finales de los años sesenta.

—Confieso que no me he atrevido —contestó medio avergonzado. La carretera sólo era practicable en pleno verano y saltaba a la vista que en esa época nadie podía pasar por ese tajo entre las montañas llamado «la Brecha de Siglufjördur»—. Lo haré este verano —añadió.

—En verano también puede ser peligroso —replicó Tómas enigmático. Habían llegado arriba, hasta el albergue de esquiadores, que era adonde se dirigían—. Una vez, en un viaje organizado, me quedé atrapado allí con mis compañeros de clase, cuando era sólo un chaval. Como era pleno verano, no llevábamos buena ropa de abrigo. A medio camino, en lo más alto de la montaña, nos sorprendió una fuerte nevada, el autocar se quedó bloqueado por la nieve y nosotros, claro, nos dimos un susto de muerte. Y el tiempo no hacía más que empeorar. Lo recuerdo como si fuera ayer. Cosas así se te quedan grabadas. Permanecimos allí atrapados hasta la noche. Tuvieron que dar aviso al equipo de rescate. Todos los propietarios de jeeps del pueblo participaron y llevaron a los chicos de vuelta a paso de tortuga. No veíamos más allá de nuestras narices, sólo la nieve cayendo como una cortina. Nos cogíamos de la mano, repartidos en pequeños grupos, siguiendo a los adultos. —Tómas perdió la mirada a lo lejos, con cara de concentración, como si hubiera viajado años atrás en el tiempo—. Yo iba el último de mi grupo y, de repente, sin darme cuenta solté la mano de mi compañero, pero la fila india siguió avanzando un tramo más. El chico que iba delante de mí gritó, yo también chillé y me puse a llorar, pero nadie oyó nada. Sin embargo, él, el chico, no se rindió: se soltó del grupo para buscarme y sólo entonces el resto se detuvo. Yo estaba maltrecho, muerto de frío y de miedo y llorando a lágrima viva; me había golpeado contra una piedra afilada. ¿Y sabes quién era ese chico? ¿El que se arriesgó a perderse para ayudarme?

Ari Thór negó con la cabeza.

—Era Addi. Addi Gunnu, mi primo. Todo el mundo tiene su lado bueno, sus atenuantes, muchacho. —Y añadió enigmático—: Aunque la mayoría también tiene su lado oscuro, que pocas veces se nos permite ver.

Aquello sonaba como si Tómas estuviera disculpándose por su primo, apuntando la bondad innata como si eso fuera a contrarrestar que estuviera implicado en actividades más que sospechosas. Luego le había resumido a Ari Thór su visita a Addi Gunnu, asegurando que nada había salido de ella, y Ari Thór, por su parte, le contó a Tómas lo de la escopeta desaparecida del profesor de instituto. Luego había llegado «de forma rápida y segura», en palabras de Tómas, la información acerca de las llamadas entrantes y salientes en el móvil del alcalde. Y eso los llevó a los dos a dirigirse montañas arriba, tras salir a la luz que el alcalde había estado comunicándose con inusual asiduidad con la teniente de alcalde, una mujer llamada Elín Reyndal o, según el registro civil, Elín Einarsdóttir. El alcalde Gunnar la había llamado justo después de que ellos zanjaran la visita sorpresa a su casa.

«Aquí hay gato encerrado», había dicho Tómas cuando llamó a la puerta de las oficinas del ayuntamiento en compañía de Ari Thór, preguntando por Elín. Les respondieron que estaba en una reunión arriba, en el valle de Skardsdalur, en el albergue de esquiadores. Ari Thór —tan consciente como siempre de que debía mantenerse en buenos términos con los mandamases del pequeño municipio tras la investigación— había propuesto regresar al ayuntamiento al día siguiente para hablar con ella, pero Tómas lo rechazó de plano. Las pocas veces que a ese hombre tranquilo se le metía algo entre ceja y ceja no había manera de hacerle cambiar de idea.

—No, nos vamos ahora mismo. Marchando. Y nada de avisar de antemano por teléfono. Mejor pillar a la gente desprevenida.

En el albergue había mesas y sillas puestas en filas, pero sólo tres personas a la vista. La pared detrás de ellos estaba cubierta de estantes con botas de esquí y cascos; todo listo para la temporada invernal. Los tres alzaron los ojos al entrar los dos policías. Ari Thór reconoció enseguida a Elín. Delante de ella se sentaban un hombre y una mujer a quienes reconoció como el matrimonio que gestionaba la estación de esquí. Personas jóvenes y dinámicas que tenían elevadas ideas sobre el futuro de esta zona que los lugareños denominaban —con su típica «modestia»— los Alpes de Siglufjördur.

Por la cara que puso Elín, quedó claro que presuponía que la policía había subido hasta allí para hablar precisamente con ella. Aun así no se mostró nerviosa. Parecía prevenida, casi desafiante, mientras pasaba la mirada de uno al otro agente a la espera de que cualquiera de ellos anunciara el motivo de su visita. Este comportamiento, no obstante, parecía indicar que Tómas tenía razón. Dado que los esperaba, debía de tener algo que decir o esconder. Al final, probablemente había sido todo un acierto no posponer esta conversación demasiado tiempo.

—Buenas tardes —dijo Ari Thór, dirigiéndose a Elín—. Tenemos que hablar con usted. ¿Tiene un momento?

El matrimonio del esquí seguía los hechos como si estuviera siendo testigo de un gran evento televisado en directo.

Elín permaneció inmóvil, sosteniendo la mirada a Ari Thór y sin dejarse desconcertar:

—Estoy reunida. ¿Pueden esperar?

—No —contestó Ari Thór con brusquedad. La reacción de Elín le había molestado.

Ella se levantó de golpe.

—Bueno, entonces charlemos fuera.

El policía habría preferido sentarse dentro del albergue a hablar con ella. Allí reinaba un ambiente acogedor, casi navideño. Los pensamientos de Ari Thór volvieron al difícil invierno. Esa cálida cabaña sería un agradable refugio de montaña cuando la nieve empezara a caer. Y cada vez hacía más frío fuera, las temperaturas definitivamente ya estaban bajo cero.

Tómas y él salieron, seguidos por Elín. Hacía frío y ya anochecía. El panorama en la estación de esquí resultaba solitario. Era un día hermoso, pero mejor para disfrutarlo desde detrás de una ventana. Un silencio melancólico se instaló en el valle. Parecía tan vacío, con el telesilla inmóvil, nadie esquiando ni ninguna actividad por parte alguna.

—¿Entramos en el coche? —preguntó Tómas.

—No, salvo que tengan la intención de detenerme —replicó ella, que parecía dueña de la situación por completo—. Yo estoy bien aquí fuera. ¿Acaso tienen frío? —Miró primero a Ari Thór y luego a Tómas.

—Elín Reyndal —dijo Tómas—. ¿O Elín Einarsdóttir?

—Cualquiera de las dos —dijo ella, sin más explicaciones.

—¿Hay alguna razón por la que no use su verdadero nombre aquí? ¿Y por la que tenga su domicilio legal registrado en Reikiavik?

—Reyndal es un antiguo apellido de mi familia. No veo por qué no puedo usarlo si me viene en gana.

—Nadie ha insinuado lo contrario —contestó Tómas—. Es sólo que resulta raro.

—Ésa es su opinión.

—¿Y el domicilio legal? Yo diría que debería registrarlo aquí en Siglufjördur. Supongo que reside aquí todo el año.

—Eso todavía está por ver. Me he mudado aquí hace relativamente poco —dijo fríamente—. Pero sí, ésa es mi intención. ¿Han venido aquí para interrogarme sobre mi domicilio legal incorrectamente registrado? —No sonreía.

El valle se veía desierto: el albergue, tres coches y un paisaje de montaña luciendo su atuendo invernal, pero nada de esquiadores, nada de vida. Los telesillas permanecían inmóviles y un espeso silencio lo envolvía todo.

—¿Qué tipo de relación tiene con el alcalde, Gunnar Gunnarsson? —inquirió Tómas.

—Trabajo para él.

—¿Se conocen desde hace mucho? —intercaló Ari Thór.

—Fuimos compañeros de facultad. —Escatimaba las palabras.

—¿Buenos amigos?

Por primera vez titubeó.

—Sí, amigos. Nada más.

—¿Y por eso consiguió el empleo?

—¿Qué insinúa?

Ahora le tocó a Ari Thór titubear, consciente de que pisaba terreno peligroso.

—Pues que cualquiera diría que Gunnar quiso contratar a alguien a quien conocía bien.

—Por supuesto, tenía más confianza en mí, dado que nos conocíamos. Eso es todo. —Miró su reloj y luego hacia su coche—. Tengo que irme. Debo admitir que no entiendo para qué necesitaban sacarme a rastras de una reunión.

—¿Hablan mucho entre ustedes? —dijo Tómas ponderado.

—Claro.

—¿Por teléfono?, ¿mañana y noche? —Hizo que su afirmación sonase a pregunta.

Otra vez Elín vaciló un poco. Sus mejillas se sonrojaron; quizá era el frío.

—Hablamos de vez en cuando —admitió.

—Más que de vez en cuando, diría yo. La verdad es que todavía no tengo el número exacto de todas las llamadas —continuó Tómas.

—¿Qué diablos quiere decir? —preguntó ella—. ¿Han pinchado mi teléfono?

Tómas sonrió:

—El asunto no llega a tanto, aunque tampoco iba a admitirlo sin más si fuera el caso. No es costumbre informar de ello a los afectados. Pero sí le puedo contar que obra en nuestro poder un listado de las llamadas entrantes y salientes del móvil de Gunnar. Y su nombre sale mucho.

Elín pareció sobresaltarse y Ari Thór comenzó a sospechar que, a fin de cuentas, su caparazón no era tan duro como quería aparentar.

Se concedió un momento para sobreponerse.

—De todas maneras, no entiendo adónde quieren llegar —dijo al fin—. No tengo que pedir perdón por hablar con Gunnar. Y no nos estamos acostando, si ésa es la próxima pregunta.

—No pensaba preguntárselo —contestó Tómas—. El caso es que el otro día acudimos a casa de Gunnar y le apretamos un poco las clavijas...

Ari Thór desvió la mirada instintivamente como diciendo: «Ésas son tus palabras y no las mías». Elín no dijo nada, se mantuvo a la espera.

—¿Y sabe lo primero que hizo tras ese interroga... ese encuentro? —preguntó Tómas.

Ella negó con la cabeza.

—Le llamó a usted. —Se produjo un breve silencio, antes de que Tómas continuara—: ¿Por qué? ¿Qué era lo que tenía que contarle?

—¿A mí? —dijo ella, comprándose algo de tiempo—. Estuvimos hablando de planificación urbanística.

Su coraza comenzaba a agrietarse.

Lo primero que se le pasó por la cabeza a Ari Thór fue que ése había sido un pobre embuste.

Probablemente no se le ocurría nada mejor así a bote pronto.

—¿La planificación de la estación de esquí? —preguntó él, en tono más bien cortés.

—¿Cómo? No me acuerdo. Puede ser. —Volvió a mirar su reloj.

—¿Estaba en contacto con Herjólfur? —preguntó Tómas, que no parecía tener ninguna prisa a pesar del frío.

Hacía un tiempo calmado y las montañas daban buen cobijo allí en el valle al fondo del fiordo. Ésta era una zona maravillosa para visitar en verano, un lugar donde las temperaturas podían llegar a ser altas en un día soleado pero, en una jornada como ésta, no tenía el menor sentido permanecer allí de pie, torturado por el frío.

Ari Thór se retiró tan sigilosamente como pudo.

Se sentó en el coche patrulla y llamó al móvil del alcalde. Gunnar contestó tras algunos timbrazos.

—¿Sí? —Era evidente que no sabía quién llamaba.

—Hola, buenas tardes. Soy Ari Thór, de la policía. ¿Interrumpo algo?

—No, no. Acabo de llegar a casa.

Un poco pronto, pensó Ari Thór; pronto para un alcalde, al menos.

—Fuimos a visitarle el otro día, Tómas y yo…

—Sí… Exacto, sí —intercaló Gunnar.

—... y en cuanto salimos llamó directamente a su colaboradora Elín.

Hubo silencio en la línea, que Ari Thór optó por no alargar demasiado: prefirió ir al grano.

—¿Por qué lo hizo?

—¿Que por qué lo hice?

—¿Quería prevenirla de algo?

Ari Thór tuvo cuidado en mantener la misma calma que antes.

—No, no, por supuesto que no. Sólo quería hacerle saber que la policía se había puesto en contacto conmigo en relación con la investigación, por si acaso trascendía el tema. De modo que, llegado el momento, pudiéramos reaccionar.

Ari Thór notaba que Gunnar tenía la respiración agitada al otro lado del teléfono; en realidad no le sorprendía. Lo más seguro es que estuviera soltando un embuste. Al menos estaba claro que o bien él o bien Elín mentían sobre el contenido de la conversación telefónica. O incluso ambos. Había sido muy inteligente por parte de Tómas haber reclamado el registro de llamadas de los móviles, aun cuando sus razones eran más bien endebles.

—Perdone, pero no me aclaro del todo con lo que dice —dijo Ari Thór, la cortesía personificada—. ¿Para poder reaccionar? ¿Ella también es la jefa de prensa de la alcaldía?

—Bueno, no, en absoluto, no, no... Pero trabajamos codo con codo y me fío de ella. Se puede decir que es mi mano derecha. —Luego Gunnar agregó con un tono más cortante—: ¿Cómo demonios sabe que se produjo esa llamada? Y no es que yo tenga nada que ocultar…

—Hemos recibido un listado de las llamadas salientes y entrantes a su número de móvil.

—¿Cómo? ¿Han tenido acceso a esa información?

—Sí, conseguimos una orden judicial.

—¿Una orden judicial?

—Sí, únicamente para tener claros todos los hechos, ya sabe. Dado que Herjólfur y usted hablaron tan poco tiempo antes del disparo.

—¿Sólo investigaban mis llamadas o también las de otras personas? —Su voz denotaba una justa mezcla de enojo y temor.

—No puedo contestar a eso. Espero que lo entienda.

Ari Thór vio que Tómas ya venía en dirección al coche patrulla; la conversación con Elín había finalizado.

—Tengo que despedirme por ahora, Gunnar. Gracias por la charla. —Colgó la llamada.

—¿Hablabas con el alcalde? —fue lo primero que Tómas dijo al sentarse al volante. Siguiendo una vieja costumbre, siempre conducía él.

Ari Thór asintió con la cabeza.

—Estupendo, muchacho, estupendo. ¿Y qué te ha contado?

—Una historia completamente distinta a la de Elín.

—Aún mejor. Esto se está poniendo interesante.

Tómas arrancó el motor con una sonrisa enigmática en los labios. Iban tras algo y Ari Thór estaba bastante seguro de que las cosas no acabarían bien para el alcalde de Siglufjördur.

Ayer no escribí nada.

Me quedé tumbado en la cama todo el día.

«Esto hará que te sientas mejor», había dicho el doctor Helgi de la medicación. Una de las pocas cosas que dijo antes de echarme de su despacho.

¡Vaya gilipollez más grande! Nunca me he sentido peor. Estas medicinas no me hacen ningún bien. Muy al contrario; no soy yo mismo, duermo peor que antes, tengo la boca reseca. Por lo visto, hay que tener paciencia, «trabajar con la medicación», como lo llama el personal.

Es mediodía. No tengo reloj, así que no sé exactamente qué hora es, pero acaban de llamarnos para el almuerzo. Eso quiere decir que ya es mediodía en esta pequeña comunidad. Yo no voy a ir, me encuentro demasiado mal.

Se te pasará, me dicen. Los efectos secundarios

son dificultades iniciales en esta nueva relación mía con los fármacos.

Aquí a uno no le hace falta reloj; el tiempo pasa al compás de una programación organizada: desayuno, reunión matutina, almuerzo, merienda, cena. Y lo mismo un día tras otro. Todos los días son iguales en este sentido. La puta monotonía, pienso a veces, y, sin embargo, hay algo tranquilizador en todo esto. Antes me angustiaba cada día, porque no sabía qué traería consigo, pero esa sensación va quedando algo más desdibujada. Como yo mismo.

CAPÍTULO 19

A Kristín no se la veía por ningún lado cuando él llegó a casa sobre la hora de la cena; probablemente estaba arriba durmiendo al crío. Ari Thór se presentaba con provisiones: una pizza, pero nada más entrar se dio cuenta de que Kristín había cocinado pescado con el que madre e hijo parecían haberse conformado. No quedaba ninguna sobra en la nevera; quizá una protesta silenciosa por lo poco que Ari Thór había podido atender a la familia desde que comenzó la investigación. O a lo mejor Kristín, sencillamente, no había previsto que viniera a cenar.

Se le pasó por la cabeza subir escaleras arriba sin hacer ruido y echarles un vistazo a los dos, pero ella solía reaccionar mal ante una interrupción así; no quería que nada la molestase mientras dormía al bebé. Lo más sensato era quedarse abajo y comerse la pizza antes de que se enfriara. En Siglufjördur los policías no se alimentaban de dónuts, sino de pizzas. Y de los bollos de canela de la panadería.

Ari Thór se había perdido el telediario de las siete, pero no lo lamentaba. Había oído y visto demasiadas noticias sobre el disparo en los últimos días. Casi no se hablaba de otra cosa, y eso que todavía no se habían producido avances importantes en la investigación. No había ningún motivo para escuchar a los periodistas contar lo obvio, que el caso seguía sin resolverse. Aunque, eso sí, probablemente habían localizado al propietario de la escopeta. La Científica había peinado a fondo el garaje del profesor de secundaria, Ingólfur, aunque no había descubierto nada que arrojase más luz sobre el caso. Ari Thór daba crédito al testimonio de Ingólfur; lo más verosímil era que le hubiesen robado la escopeta y la investigación apuntaba a que el arma utilizada era del mismo tipo, pero resultaba imposible asegurar algo más hasta que diesen con ella.

Habían interrogado a los vecinos para averiguar si habían notado algo, pero no habían visto nada.

En cierto modo, Ingólfur permanecía bajo sospecha, tal y como estaba la situación en ese momento, pero a Ari Thór le costaba creer que ese hombre estuviera involucrado.

La policía todavía no había hecho pública esta última información y, en el fondo, el agente esperaba que se pudiera mantener a Ingólfur al margen de la opinión pública, aunque debía admitir que aquello sólo era una quimera. La investigación de la Científica en el garaje a plena luz del día a duras penas habría pasado inadvertida a los vecinos, y una cosa así enseguida se propagaba. Además, los periodistas olían la sangre de su próxima víctima en un abrir y cerrar de ojos y a la legua.

Al final, Ari Thór encendió la tele, aunque sólo fuera para tener algo de compañía mientras cenaba. Y mira por donde, en la pantalla apareció un debate entre varios invitados a un estudio televisivo hablando de la posesión de armas de fuego en Islandia, tema que muy pocas veces salía a la palestra. En este caso no era muy difícil adivinar cuál había sido el detonante de este coloquio.

—Se habla de que hay sesenta mil armas de fuego en Islandia —aseguraba uno de los dos tertulianos y parecía tener mucho que decir al respecto—. ¡Sesenta mil! Eso significa que uno de cada cinco islandeses posee un arma de fuego y el porcentaje sube mucho más si sólo incluimos a los adultos. Y hay quien sostiene que las armas en circulación en este país son muchas más. Hace unos pocos años se confeccionó una lista en la que quedamos en decimoquinto puesto en cuanto a la posesión de armas de fuego del mundo per cápita. ¡El decimoquinto puesto!

«Una nación de cazadores», pensó Ari Thór.

—Per cápita —intercaló el otro invitado—. La

verdad es que es posible obtener los resultados más peregrinos si aplicamos estos cálculos per cápita…

—Tengo la palabra ahora —irrumpió el primero a voz en grito—. En el decimoquinto puesto, he dicho. De acuerdo con esos cálculos, estaríamos hablando de unas noventa mil armas de fuego. ¿Para qué diablos necesitamos todas esas armas? ¿No ha llegado la hora de endurecer la ley? ¿Y qué será lo siguiente? ¿Armar a la policía? Parece que todo el mundo tiene acceso libre a las armas de fuego excepto la policía.

A Ari Thór le estaba entreteniendo la discusión, pero de golpe se interrumpió la calma. Alguien llamó a la puerta con bastante fuerza. Sobresaltado, dejó de lado un trozo de pizza a medio comer y se puso en pie con una sensación de desazón que intentó sacudirse de encima. No esperaba a nadie y no era para nada propio de Tómas presentarse en casa de improviso. Se tomó su tiempo, y primero miró su móvil a ver si alguien había intentado llamarlo o si, por descuido, había desconectado el sonido o el mismo aparato. Resultó que no. Normalmente no había motivo para dejarse sobresaltar por una visita inesperada, no en Siglufjördur. Costaba imaginar un sitio más apacible. Tal vez aquí había razones para temer a las fuerzas de la naturaleza, de vez en cuando, pero no a los vecinos. Sin embargo, ahora alguien había disparado un tiro prácticamente a quemarropa a uno de los dos policías del pueblo. Y él era el otro agente.

Todo esto se le pasó por la cabeza mientras se encaminaba lentamente a la puerta de la calle. ¿Acaso había alguien que quisiera hacerles daño a los policías? ¿Era Herjólfur sólo la primera víctima?

Volvieron a llamar la puerta, con fuerza y decisión, y en ese mismo instante se oyó un golpe procedente del dormitorio de arriba. En esta vieja casa de madera cualquier ruido retumbaba. Kristín sin duda había oído entrar a Ari Thór y el vocerío del tertuliano de la tele seguramente también le llegaba. El mensaje estaba claro: «¡Abre de una vez la puerta para que pueda dormir a nuestro hijo!». Ari Thór se apresuró en acudir a la puerta y abrir.

En la penumbra de fuera —la bombilla del portal estaba fundida y él aún no se había puesto manos a la obra para cambiarla— aguardaba un hombre a quien reconoció, aunque no lo conociera personalmente. Se trataba de Ottó N. Níelsson, concejal recién elegido, nacido y criado en Siglufjördur, pero retornado hacía poco al pueblo tras una larga estancia en Reikiavik.

—Hola, Ari Thór —dijo con profunda voz de barítono antes de que éste tuviera tiempo de saludar—. Espero no molestar, pero necesito hablar contigo.

El motivo tenía que ser urgente, ya que había acudido expresamente a su casa por la noche.

—Sí, ¿no quiere pasar?

—Te lo agradecería, la verdad —contestó Ottó,

al tiempo que limpiaba la suciedad imaginaria de sus zapatos en el felpudo para luego seguir a Ari Thór hasta el salón.

Tomó asiento repantigándose en el centro del sofá. Ari Thór se sentía incómodo con un desconocido en la intimidad de su hogar a esas horas intempestivas, pero también medio aliviado por que Kristín estuviera arriba durmiendo al niño.

Sabía bastante sobre la obra y milagros de Ottó N. Níelsson. Había tenido cierto protagonismo en la vida empresarial de la capital y, finalmente, había dado un pelotazo al comprar los restos de un concesionario de automóviles sobreendeudado en un momento en que la demanda de coches nuevos estaba bajo mínimos. La empresa la vendió unos años más tarde y consiguió grandes beneficios, según decían. Después volvió a su pueblo natal, se presentó a concejal y consiguió ser elegido.

Se decía que Ottó había luchado por que contratasen a Gunnar Gunnarsson como alcalde gestor, un foráneo con poca experiencia, pero amigo íntimo suyo.

Ari Thór esperaba sentado a que el visitante entrase en materia.

—¿Cómo va vuestra investigación? —preguntó Ottó.

Su profunda voz parecía provenir directamente del estómago. Tenía los ojos clavados en el policía y se notaba a la legua que el motivo de su visita era otro que su interés por el punto en el que se encontraba la investigación.

—Aceptablemente —contestó Ari Thór, cortante. Ottó se quedó callado, así que agregó para romper el silencio—: Entenderá que no pueda entrar en detalles aquí y ahora.

—Claro, claro —replicó Ottó.

—¿Le puedo ofrecer un café? —preguntó Ari Thór, confiando en que el otro declinara el ofrecimiento.

—No, muchas gracias, no voy a entretenerte. —Se inclinó hacia delante—. Habéis estado hablando con Gunnar más de una vez, según tengo entendido. Interrogándolo, si ésa es la palabra correcta…

—Me temo que no puedo confirmar… —dijo Ari Thór, pero Ottó lo interrumpió.

—El propio Gunnar me lo ha contado, así que no necesito ninguna confirmación. Y, por lo visto, luego os habéis dedicado a molestar a la teniente de alcalde, la señorita Elín Reyndal —añadió antes de que el policía pudiera intervenir, poniendo especial énfasis en la palabra «molestar».

—Como he dicho, no puedo hablar con detalle de la investigación con usted…

—Muy bien, muy bien. Tómas y tú habéis hablado con Gunnar y Elín; no consigo imaginarme el motivo. También sé, o creo saber, que la iniciativa fue cosa de Tómas. Lo recuerdo de antaño… Es persistente, a su manera: se muda a la capital, consigue un buen puesto y, en cuanto tiene la oportunidad de dirigir una investigación aquí en el pueblo, regresa y se hace notar. Lo que estoy diciendo, Ari Thór, es que sé que tú no tienes la culpa. —Ottó continuó—: He decidido venir a hablar contigo, Ari Thór, contigo y no con Tómas. Me fío de ti, tú eres ya casi de aquí; en cambio, Tómas se ha largado y es probable que nunca regrese. ¿De veras te cuadra que el alcalde haya intentado matar al comisario? ¿De veras lo piensas? —Seguía con los ojos fijos en él—. ¿O la teniente de alcalde? En serio, ¿eh? ¿En serio?

Ari Thór se puso en pie con una sonrisa. Nunca nadie en Siglufjördur le había dicho que era «de aquí», y de todas formas era cierto que Ottó sólo lo había hecho ahora porque necesitaba un favor.

—No puedo hablar de esto con usted bajo ningún concepto, lo siento. Espero que lo entienda. Es obvio que la investigación está en un punto delicado y puede figurarse las reacciones que habría si se supiera que estoy aquí sentado revelándole los detalles del caso.

Ottó también se puso en pie.

—¿Y por qué se iba a saber?

Ari Thór le ofreció la mano.

—Un placer verle, Ottó. Gracias por la visita. Y no se preocupe; todo esto va bien encarrilado. Espero que logremos resolverlo en cuestión de días.

—Sí, si dejáis de malgastar el tiempo en tonterías. Esto no beneficia a nadie, Ari Thór, y no sólo lo digo por el ayuntamiento, si trasciende que la policía está interrogando a los más altos funcionarios del municipio reiteradamente...

Ottó no subió el tono de voz, pero la amenaza había quedado clara.

Ari Thór acompañó al visitante hasta la puerta.

Una vez se hubo largado, el agente permaneció un rato en el recibidor, dándole vueltas a cómo diablos iba a reaccionar a esta visita. Y si había sido demasiado cortés, a la luz de las circunstancias, o, si acaso, demasiado descortés.

En el fondo dudaba mucho de que Gunnar o Elín tuvieran algo que ver con el disparo. A lo mejor Tómas y él habían actuado con excesiva dureza al investigar esa conexión. Y, al fin y al cabo, lo obvio era que él, Ari Thór, tenía que seguir viviendo en este pequeño pueblo una vez se cerrara el caso. En cambio, Tómas había roto todos los lazos y hasta alguno más. Ari Thór no estaba en posición de poner su trabajo o a su familia en riesgo, no con la perspectiva de un ascenso si Herjólfur no sobrevivía. Debía dar los siguientes pasos con mucho mucho cuidado.

Hoy he hablado largo y tendido con la enfermera. No porque me produzca un placer especial, sino porque ha tenido la paciencia de escucharme, al contrario que el doctor.

Ha tenido la paciencia de escucharme... bah... Al menos ha escuchado, pero tampoco se puede olvidar que a ella le pagan por atender a los pacientes. Le he hecho un poco la pelota, contándole el embuste de que era la única con dos dedos de frente de los de aquí. No creo que sea lo que se dice una lumbreras, pero, bueno, al menos me ha escuchado.

De todos modos, no he ido tan lejos como para hablar de aquellos hechos pasados, de por qué soy como soy, pero he intentado hacerle entender que la medicación me sentaba fatal, que en realidad era contraproducente. Y que, en sentido estricto, yo no necesitaba estar aquí, pero que, tal y como estaban las cosas, iba a dejar esa decisión en manos del médico, al menos por ahora. Lo único que necesitaba era otra medicación.

Ha prometido hacer todo lo que esté en su mano y me ha dicho que al doctor Helgi no se le esperaba de nuevo en breve, pero que en caso de urgencia se podría contactar con él.

CAPÍTULO 20

Ari Thór se levantó más temprano que de costumbre. Se sentía mucho mejor que los días anteriores; por fin remitía la enfermedad. El pensamiento se le fue, como tantas otras veces, a Kristín y a lo distante que se había mostrado últimamente, pero en todo caso por ahora apenas tenía tiempo para darle demasiadas vueltas al asunto. Debía concentrarse en la investigación.

No había podido sacudirse de encima la visita de Ottó hasta ya entrada la noche y, aun así, logró dormir bastante bien. El niño los despertó a las seis y entre los dos lo durmieron de nuevo. Kristín volvió a acostarse; no tenía guardia ese día, pero Ari Thór se notaba demasiado inquieto como para volver a dormirse. Le había dicho a Tómas que tenía interés en hablar con la anciana que conocía la tenebrosa historia de la casa donde dispararon a Herjólfur. Se llamaba Jódís y era hermana del tipo que había estado en la casa junto a los gemelos, Baldur y Börkur, el día en que murió el primero tras precipitarse desde el balcón, hacía más de medio siglo.

Tómas pensó que lo mejor sería verla durante el café matutino que se organizaba en el centro parroquial, ubicado en la misma iglesia del pueblo.

—Es una costumbre que introdujo el reverendo Eggert, la de abrir el centro parroquial a las siete de la mañana todos los días hábiles y ofrecer café. Mi prima es una habitual de allí y tengo entendido que Jódís también.

Sin duda aquélla iba a ser una jornada dura y larga, quizá estaría bien empezarla con una charla fácil y disfrutar un poco de la mañana antes de que el teléfono comenzase a sonar, la prensa se despertara y Tómas se pusiese a dar órdenes.

Ari Thór se fue andando hasta la iglesia. Hacía un frío cortante fuera, la temperatura bajo cero, y era evidente que había nevado algo durante la noche. El invierno imponía aún más su presencia por medio de un viento que mordía con ganas. Ari Thór había visto inviernos suaves en Reikiavik, pero aquí ni siquiera conocían ese concepto. El joven policía subió con brío las escaleras de la iglesia hasta la planta superior abuhardillada, donde se hallaba el centro parroquial, una sala grande y alargada. Se notaba lleno de energías de nuevo.

Había tenido el cuidado de acudir de paisano porque aquél no era estrictamente un asunto policial y el uniforme habría estado fuera de lugar en esas circunstancias. Aun así, era imposible que pasara desapercibido. En un rincón al fondo de la sala estaban sentados unos cuantos ancianos. La edad media bajó considerablemente al entrar Ari Thór y los allí reunidos enmudecieron. No había ni rastro del reverendo Eggert, pero uno de los invitados, un hombre que parecía superar con creces los ochenta años, hizo de portavoz del grupo:

—Buenos días. ¿Le apetece unirse a nosotros?

Ari Thór no conocía a Jódís de vista y disparó a ciegas:

—No, muchas gracias; no quería interrumpirles, sólo venía para charlar un poco con Jódís.

Una de las mujeres de la mesa alzó la vista.

—Ya casi he acabado mi taza y será un placer saber qué le trae por aquí, joven. —Se levantó y extendió una mano delicada y huesuda—. Me llamo Jódís, ¿y tú eres…?

—Ari Thór.

Le estrechó la mano. Resultaba bastante más baja que él, un poco encorvada; llevaba recogido el cabello plateado y vestía un bonito traje de sastre, de un color a juego.

—Vamos a sentarnos. ¿Qué te parece si nos ponemos ahí? —Señaló hacia una mesa a cierta distancia de sus compañeros.

—Bien.

—Estupendo.

Tomaron asiento a la mesa. El aroma dulzón de su perfume era agobiante.

—Ya te estaba esperando, a ti o a alguno de vosotros.

—¿A alguno de nosotros?

—Sí, ¿no eres de la policía? —Desplegó una sonrisa—. ¿No me vas a preguntar sobre la casa?

—Sí, justo —contestó Ari Thór, sorprendido por la reacción de ella.

—¿Y qué es lo que quieres saber, si puedo preguntar?

—Bueno, verás... Sólo siento curiosidad por la historia de la casa.

—¿Y tú crees, joven, que la historia de la casa puede arrojar luz sobre los sucesos de estos últimos días? ¿Que el pasado guarda la llave de los enigmas del presente?

—Nunca se sabe.

—Permite que lo dude, pero aun así no voy a evitar tus preguntas, aunque no sé si tendré todas las respuestas. Confío en que lo entiendas.

Ari Thór asintió con la cabeza.

—Por supuesto que sí. Esto sólo es una charla informal. Nada oficial.

—Entonces tú y yo nos entenderemos bien. —Jódís sonrió—. Siempre es una buena manera de comenzar.

—Un hombre falleció de manera trágica en aquella casa hace más o menos medio siglo, ¿verdad?

—Creo que eso lo sabes tan bien como yo —replicó gentilmente.

—Tu hermano se encontraba en la casa cuando sucedió.

—Sí. Se llamaba Jónmundur. Jónmundur y Jódís, ésos éramos nosotros. Él pasó a mejor vida hace muchos años, como supongo que sabes, ya que me has buscado. Los tres han pasado a mejor vida: Jónmundur, Börkur y Baldur.

—¿Cuándo ocurrió eso exactamente? Alrededor de 1960, me han dicho.

—En el otoño de 1961. Fue un año memorable por muchas razones. Uno de los mejores años que se recuerdan en la pesca del arenque. Aquel verano batimos una plusmarca al salar más de diecisiete mil barricas en veinticuatro horas. ¡Diecisiete mil! —Sonrió—. Digo «batimos», porque yo participé. Imagino que no te haces una idea de lo importante que era el arenque por aquel entonces.

Tenía razón, Ari Thór no podía de ninguna manera ponerse en la piel de quienes habían experimentado los años del arenque, aun cuando había oído un sinfín de historias, leído artículos y noticias de aquel tiempo. Ahora Siglufjördur era un pueblo totalmente diferente y, a pesar de que los años del arenque permanecían muy presentes en la memoria de sus habitantes, resultaba difícil para un joven, y para más inri no nacido aquí, comprender de lleno cómo era el ambiente de aquella época, durante aquella fiebre del oro que suponía ese pescado plateado, capturado y salado a destajo.

—¿Los tres trabajaban en el arenque?

—Sí, claro. Como todo el mundo. Eran pescadores de barcos arenqueros.

—¿Estaban de fiesta la noche que pasó aquello?

—Nunca se hablaba de «fiesta» en aquel entonces, pero eran buenos amigos, Jónmundur y los gemelos, y a menudo se juntaban para beber. No eran abstemios, ya te digo.

—¿Y estaban todos juntos la noche en que Börkur, digo Baldur, falleció? —preguntó Ari Thór vacilante. Debía admitir que no recordaba con exactitud cuál de los dos gemelos se había caído por el balcón.

—Fue Baldur el que murió —dijo Jódís, con cierta frialdad—. No los vayamos a confundir.

—Exacto —replicó el policía, sintiéndose de repente como si estuviera delante de una profesora estricta.

—Estaban juntos, sí. Pero vuelvo a preguntar: ¿aquellos sucesos del pasado pueden tener algo que ver con el caso que la policía está investigando ahora?

—Entiendo perfectamente si no quieres hablar de ello.

—Fue una tragedia, nada más.

—¿Un accidente?

—Se cayó por el balcón y no sobrevivió a la caída.

—¿Estaba borracho?

Ella reflexionó un buen rato antes de contestar:

—Creo que la oscuridad desempeñó un papel más importante que el alcohol, a decir verdad.

—¿Tu hermano fue testigo de aquello? ¿Te contó algo?

—Eso han sido dos preguntas, hijo. Tienes que darme la oportunidad de contestarlas una por una.

—Perdona. ¿Tu hermano vio algo?

—No, no vio nada.

—¿Alguna vez habló de ello contigo? De lo que pasó aquella noche, quiero decir.

—No, no lo hizo.

—¿Es posible que Börkur empujara a Baldur al vacío? —inquirió Ari Thór.

«Börkur o Jónmundur», habría querido decir, pero no quiso alterar a la anciana.

La mujer volvió a inclinarse hacia delante y puso la mano en el brazo de Ari Thór.

—Algunas veces es mejor dejar la verdad silenciada. —Suspiró y se puso en pie—. Te agradezco sinceramente la charla, Ari Thór. Ha sido un verdadero placer conocerte. Déjame pensarlo, tal vez ya sea hora de desempolvar los viejos secretos. Tal vez.

Jódís arrancó a paso lento pero seguro en dirección a sus compañeros del rincón. No miró atrás.

Después de la conversación con Jódís, Ari Thór regresó a casa para cambiarse y ponerse el uniforme de policía, y acto seguido se reunió con Tómas en la comisaría. Fuera había un cielo encapotado y el viento arreciaba.

—Por decirlo suavemente, fue extraño —dijo Ari Thór tras contarle a Tómas la visita de Ottó la noche anterior—. Una amenaza velada, a decir verdad. Desde luego que lo hizo con mucho tacto, pero debo admitir que nunca antes me he visto en una situación así.

—Uno se acostumbra —fue lo primero que dijo Tómas—. Nunca me ha caído bien Ottó.

—¿Lo conoces bien?

—Sí, nos conocíamos bastante bien, pero ya no tenemos ningún contacto. Ganó una fortuna tras el colapso económico nacional con no sé qué compraventa de empresas, pero guarda el dinero en Reikiavik y eso molesta a la gente de aquí.

—¿Que guarda el dinero en Reikiavik? ¿A qué te refieres?

—Se dedica a las inversiones allí, pero reside aquí. Hay quienes sostienen que debería invertir algo en su pueblo de origen, pero no, aquí no llega ni una corona. El tipo siempre fue un rácano y eso no ha cambiado. Quiere vivir aquí, es concejal, pero no deja nada de dinero; bueno, comprará algo para comer en el súper de la cooperativa, pero nada más. Al menos eso dicen. Pero lo peor es la noticia de esta mañana… Ottó no estará muy contento.

—¿Qué noticia?

—En los medios digitales, la noticia sobre Elín.

—¿Elín?

Ari Thór se quedó atónito.

—Alguien debió de vernos arriba en Skardsdalur ayer y han sacado la noticia sensacionalista de que la policía interrogó a la teniente de alcalde de Siglufjördur. Llevan una foto suya y todo.

Saltaba a la vista que Tómas no estaba nada contento con la filtración.

—El matrimonio del albergue de esquí —dijo Ari Thór—. Tienen que haber sido ellos...

—No hay secretos en un pueblo pequeño —refunfuñó Tómas.

—De todos modos, ¿qué interés podría tener Ottó en este caso? —preguntó Ari Thór.

—Ésa es la cuestión. —Tómas lo miró con cara burlona, como si supiera algo del asunto. Su compañero aguardó paciente—. En primer lugar, tengo entendido que Gunnar ocupa el sillón de alcalde gracias a Ottó, que lo eligió personalmente y movió los hilos para que lo contratasen, a pesar de que hubo otras opciones no menos buenas. Y se salió con la suya sobre todo porque Gunnar es un forastero que nunca antes había puesto un pie dentro del término municipal. Hubo otros dos candidatos que sonaban más; uno de ellos es de aquí, pero el otro es de Ólafsfjördur y ya te puedes imaginar que las viejas rencillas entre los dos pueblos vecinos bloquearon la elección de uno y otro.

Y Gunnar trajo consigo a Elín. Una cosa lleva a la otra.

—¿En primer lugar, has dicho?

—Estás despierto esta mañana —dijo Tómas—. Es que estuve charlando con el profesor Ingólfur y su mujer anoche. Como es lógico, están consternados, completamente devastados, por el hecho de que casi con total seguridad usasen su escopeta en el ataque.

—Sí, ya lo supongo.

—Ha salido a la luz que, aparte de los miembros del club de caza de Ingólfur, había otras personas que estaban al corriente de la existencia del arma. Su mujer, por ejemplo, pertenece a un club de pesca del salmón y asegura que todo su grupo de amigas había entrado en el garaje una o más veces y algunas incluso habrían hablado entre sí de probar la caza al salir mencionada en la conversación la escopeta de Ingólfur. Su hijo también les ha confesado que montó una fiesta para los chicos de su curso cuando los padres se fueron de viaje de fin de semana a Reikiavik y, en esa ocasión, los chavales utilizaron el garaje para guardar el alcohol… Y el otro día, durante una cena que ofreció el matrimonio, también surgió el tema de la caza, lo cual llevó a que se les permitiera a los invitados ver el arma. Y adivina quién era uno de ellos.

—¿Ottó?

—Precisamente, muchacho. Yo no le di mayor importancia cuando Ingólfur me lo contó ayer, ya que Ottó no tenía relación con el caso, pero desde luego ha hecho una entrada sonora en escena con esa visita a tu casa…

—¿Y ahora qué hacemos?

—Nada por el momento. Él no va a ir a ninguna parte, y sería muy cuestionable llamarlo a un interrogatorio por una invitación a cenar en casa de Ingólfur. Pero lo tendremos bajo vigilancia…

Ari Thór miró por la ventana. Había empezado a llover, o quizá nevaba: era una especie de aguanieve, a medio camino entre un tiempo otoñal e invernal. No era día para estar al aire libre, pensó; estaría más cómodo en su silla. No podía quitarse de la cabeza la visita de Ottó. La inviolabilidad de su domicilio había sido profanada al tiempo que un asesino andaba suelto en el pueblo. ¿Y si el propio Ottó era el culpable? El mismo que había metido las narices en la intimidad de Ari Thór, su mujer y su hijo.

La enfermera se ha puesto a hablar conmigo hoy tras el almuerzo. Yo había ido a la cantina a rastras y me había quedado allí sentado durante más de media hora intentando comer.

Ha dicho que ha hablado con el doctor Helgi y que sólo tenía que aguantar un pelín más, que él podría verme más adelante esta misma semana. He preguntado si no podía dejar de tomar la medicación. «No, para nada —me ha dicho ella—. No vamos a dejar que un poco de malestar nos saque de nuestras casillas. Siempre hay algunos efectos secundarios de estos medicamentos.» Ha evitado mirarme a los ojos.

CAPÍTULO 21

Gunnar creía que había acudido temprano al trabajo esa mañana, pero Elín había llegado todavía antes. Estaban solos en las oficinas del ayuntamiento y, sin embargo, ella pidió verlo en privado. Se encontraban sentados en el despacho de él y ella había cerrado la puerta cuidadosamente tras de sí.

—No te tomes la noticia tan a pecho —dijo él.

Él se había llevado un buen susto al repasar los medios digitales por la mañana y ver que Elín había cobrado un gran protagonismo en la portada de uno de ellos.

La joven vaciló, intentando poner buena cara.

—No pasa nada, ya se olvidarán. Quería hablarte de otro tema que no tiene nada que ver... Sólo quería pedirte disculpas por lo de ayer, ya sabes... —soltó, inusualmente insegura.

Por lo general se mostraba firme y decidida, y

justo ésa era la razón por la que a Gunnar le caía bien: por eso confiaba en ella y, sí, por eso le atraía.

—Esto..., no te preocupes... La culpa probablemente es de los dos. —Lamentó en el acto haber usado la palabra «culpa».

—Si quieres dimito, dejo mi cargo...

—¿Dimitir? ¡Estás loca! No puedo seguir con este trabajo sin ti.

Sonrió en un intento de aligerar el ambiente.

—Por supuesto, estuvo totalmente fuera de lugar —dijo ella en voz baja.

—No, no. Habría estado fuera de lugar si *yo* hubiese tenido la iniciativa, como tu superior. —Se lanzó, sintiendo cómo se le aceleraba la sangre en las venas—: Yo mismo he pensado en ello, ¿sabes?...

Resultó evidente que Elín se sintió aliviada y le correspondió con una sonrisa.

—Sí, me lo imaginaba. Tiene que ser duro estar tan lejos de la familia. Y debes creerme cuando digo que no tengo la menor intención de arruinar tu matrimonio...

—Este matrimonio ya no vale nada, Elín... Ya no, he de admitirlo. No tengo intención de salvarlo.

Ella estaba sentada frente a él en silencio. Le tocaba a él mover ficha.

Gunnar escuchó la puerta de delante abrirse y cerrarse; alguien más había acudido al trabajo.

—Quizá no sea el mejor momento para hablarlo. A lo mejor deberíamos tomar un café juntos después del trabajo... ¿Cómo lo ves?

—Eso estaría bien —contestó ella, decidida y ponderada.

Ahora sí la reconocía. Y sabía cómo acabaría esto: con los dos desnudos en la cama. Estaba claro que ambos se encontraban en el mismo punto en cuanto a eso. La única cuestión que quedaba en el aire era dónde debían citarse. Y fue como si ella le hubiera leído el pensamiento:

—¿Por qué no pasas por mi casa? Hago un *espresso* divino, modestia aparte.

—Suena bien —replicó él.

Elín se levantó y salió del despacho del alcalde sin decir adiós.

Gunnar no se lo esperaba. Por supuesto, siempre había habido algo entre ellos, pero ahora ese vínculo se había hecho más fuerte que nunca gracias al secreto que compartían.

CAPÍTULO 22

Cerca del mediodía, una sombra cubrió Siglufjördur, el municipio más septentrional de Islandia. Y, a diferencia de lo acostumbrado, no era la sombra de las montañas, sino otra mucho más oscura.

Herjólfur había muerto esa mañana sin llegar a salir del coma. Su muerte dejaba varias preguntas en el aire y algunas nunca recibirían respuesta. ¿Vio al tirador? ¿Conocía a quien efectuó el disparo? ¿Cómo se sintió bajo el frío nocturno y la oscuridad al oír la detonación y notar el impacto?

Cuando la noticia del fallecimiento llegó a oídos de Ari Thór, el pensamiento se le fue de inmediato al hijo de Herjólfur, al chico —al joven— que ahora se había quedado huérfano de padre mucho antes de tiempo. Herjólfur también tenía una hija, cierto, pero Ari Thór nunca la había visto, además de que se identificaba de una manera incómodamente tensa con el hijo, al haber perdido él mismo a sus padres tan temprano.

¿Qué pensaría ahora el joven Herjólfur? ¿Cómo se sentiría? Ari Thór sólo lo había visto una vez y, aun así, no le costaba imaginárselo. Desde luego había dado la impresión de ser fuerte, pero una cosa es enterarse de que le han pegado un tiro a tu padre y otra muy distinta, recibir la noticia de que todo se había acabado.

Y Helena se había convertido en viuda; esa mujer respetable que ya había empezado a preparar el funeral. Se había mostrado distante cuando hablaron y él sospechaba, o temía, que ante estas novedades se hundiese aún más en el vacío, parapetándose tras las gruesas murallas defensivas de su psique.

Sí, sentía compasión por esa familia, faltaría más. Pero quizá era sólo porque se había visto en similares circunstancias y sentía lástima por sí mismo, a decir verdad. ¿Tal vez toda esa empatía era únicamente una expresión de egoísmo?

Sin pretenderlo, se le pasó por la cabeza cuándo se publicaría la convocatoria al puesto de comisario y qué tendría que hacer para asegurárselo. Se odió por pensar eso.

Al principio sólo ha sido un día como otro cualquiera. He visto por la ventana que el cielo estaba nublado ahí fuera, con pinta de llover. Hasta ahora no he salido del edificio, pero tengo entendido que ya puedo hacerlo como los demás, acompañado por alguien del personal. Aun así, no tengo prisa.

Luego, al avanzar el día, me he enterado de que Helgi ya estaba aquí. Por fin ha llegado el doctor. Se supone que los médicos visitan un hospital con asiduidad, pero, al parecer, no es el caso, al menos no aquí en Psiquiatría. La gestión diaria queda en manos de personas que no me prestan ninguna atención.

¿Un intento de suicidio no bastaba?

De todas maneras, no soy el único a quien ignoran. A veces todos los que están trabajando están sentados en la cafetería jugando a las cartas un buen rato y, claro, nadie invita a los pacientes a unirse a las partidas. La diferencia de estatus nunca queda más patente que en esos momentos. Nosotros y ellos.

Pero, sí; Helgi ya estaba aquí.

Ha pasado consulta a los pacientes uno tras otro. Por supuesto, no a todos; sólo a los que tenían motivo. Como yo.

Pero mi turno no ha llegado.

He ido paseando de un lado para otro, esperando. Aguantándome tanto rato como podía.

Y de repente ya se había largado y no tenía más pacientes en la lista ese día. He perdido los nervios. La enfermera me había prometido pedir hora con él. Sabía perfectamente lo mal que me sentaban esas medicinas.

Menos mal que se me ha pasado rápido esta vez. Dos miembros temporales del personal, fuertes como toros, me han reducido antes de que lograra hacerle daño a alguien, herir a alguien. Ganas no me han faltado, lo sé perfectamente, y eso también ha provocado que no pegara ojo esta noche. Sólo estoy aquí sentado, pensando; y escribiendo un poco.

CAPÍTULO 23

Al entrar, Elín tuvo la impresión de que hacía más frío que de costumbre dentro de la casa. Había como corriente. ¿Acaso se había olvidado de cerrar una ventana por la mañana? ¿O sólo era un escalofrío que se le había quedado en el cuerpo tras los acontecimientos del día? Había sido una jornada larga y dura. No estaba acostumbrada a verse metida en medio del circo mediático; en realidad, poca gente lo estaba. Era una sensación mala, horrible a decir verdad: ser la comidilla de un montón de desconocidos por todo el pueblo, por todo el país. Y no tener ningún control sobre ese debate. Había cometido el error de mirar los comentarios sobre la noticia en uno de los medios digitales; debería haberlo evitado, claro está, pero una vez empezó a leer ya no pudo dejarlo; tenía que saber qué decían los demás de ella: prejuicios y calumnias de gente a quien no conocía y que, sin embargo, parecían tener fuertes opiniones sobre ella. La historia en sí era bastante sencilla: la policía la había interrogado. Pero era sorprendente la crueldad de los comentarios, presumiblemente porque ella mantenía una posición semipolítica. El debate en la red se había viciado cada vez más después de la crisis financiera, como si pudiera decirse cualquier cosa, especialmente de los políticos.

El único consuelo —si se le puede llamar así— era que la noticia del fallecimiento de Herjólfur había saltado el mismo día y en cierto modo había ahogado las especulaciones bobaliconas de la prensa sobre la posible conexión de los funcionarios del ayuntamiento de Siglufjördur con el ataque con arma de fuego. Dadas las circunstancias, debía reconocer que Herjólfur había elegido un buen día para morir, si se trataba de ella. El destino de ese policía era mucho más trágico que las habladurías sobre ella misma. Elín quería compadecerse de la familia del policía e intentó activar su empatía, pero sin mucho resultado. Apenas conocía a Herjólfur. Además, bastante tenía ya consigo misma.

Y luego estaba lo de la fotografía. Esa maldita foto. Su patronímico tampoco era ningún secreto en el pueblo y era obvio que el periodista que publicó la primera noticia había hecho los deberes. La noticia se centraba en Elín Reyndal, teniente de alcalde de Siglufjördur, e iba acompañada de una fotografía de ella, de Elín Einarsdóttir. Una foto antigua y tonta, pero ése no era el meollo del asunto: ahora sólo era cuestión de tiempo que Valberg se diera cuenta de que la mujer que lo había abandonado, huyendo de la violencia, esfumándose, residía en Siglufjördur.

La cuestión era hasta dónde llegaría. ¿Se pondría en contacto con ella o lo dejaría pasar? El tiempo obraba en favor de Elín, de eso estaba segura, y, a lo mejor, él ya había encontrado a otra. «Otra a quien maltratar.» Podía ser, aunque eso no era asunto suyo. Debía pensar en sí misma ante todo. Tenía que reunir valor, dejar de jugar al gato y al ratón y enfrentarse a ese malnacido. Pero resultaba más fácil decirlo que hacerlo, porque no lo conocía lo suficiente; no sabía de lo que sería capaz. «¡Si me dejas, te mato!» ¿Una amenaza vacía de contenido? Imposible asegurarlo, pero en lo más profundo de su ser sabía que era peligroso; si no, no habría hecho todo ese esfuerzo de usar otro nombre y desaparecer.

Ya en la cocina, Elín dejó a un lado su bolso y encendió la cafetera. Se quitó el abrigo; habría preferido llevar un plumas todos los días y así aislarse, pero en su opinión eso no resultaba lo bastante elegante para una vicealcaldesa. Así que prefería pasar frío. Ese maldito viento casi todos los días. Las montañas proporcionaban cierta protección, pero cuando el viento venía del norte, directo desde el mar, no había alivio posible. Hoy había hecho frío, pero al menos no llovía.

Notó la piel de gallina en los brazos y en la nuca. La casa estaba congelada. En alguna parte había algo abierto de par en par, en la planta de arriba, a lo mejor en el dormitorio. Probablemente se había olvidado de cerrar la ventana. Tendría que haber subido un momento por la escalera a confirmar su sospecha y cerrar la ventana, pero vaciló, de repente un poco asustada al verse así sola en esa casa grande. Nunca antes había tenido tantos metros cuadrados a su disposición, acostumbrada a los pisos pequeños de Reikiavik. Sin embargo, le pareció que ahora esta ventaja de vivir en una casa grande de provincias se había convertido en un inconveniente.

Intentó quitarse la desazón de encima. El familiar siseo de la cafetera obró un efecto relajante sobre ella. Por supuesto, no podía retrasar eternamente subir las escaleras y cerrar la ventana. Antes o después tendría que irse a la cama, aunque para eso aún faltaba. Primero una taza de café y luego tenía la esperanza de que Gunnar pasara a verla. Difícilmente podía haber malinterpretado la invitación. Si al fin él iba a renunciar a esa relación a distancia malograda con su esposa, tenía la opción de dar el primer paso esta noche. Vendría.

Elín permaneció inmóvil, mirando cómo las gotas de café llenaban la tacita: un chute de energía tras este día tan horrible. Todas y cada una de las veces que se había cruzado con alguien en el trabajo o en la calle, se le pasaba lo mismo por la cabeza: «¿Habrá leído la noticia? ¿Creerá que yo he disparado a un policía?». Gunnar le había ofrecido que se fuera pronto a casa y que se tomase un día de baja por enfermedad, pero eso habría sido una auténtica rendición. Eso ni pensarlo. «Que la gente haga las cábalas y conjeturas que quiera... Esto pasará. Esperemos.» Tenía ya un trabajo político, al menos hasta cierto punto, y probablemente tendría que acostumbrarse a ciertas adversidades y a más atención, tanto negativa como positiva.

Y a lo mejor, no hay mal que por bien no venga, era una oportunidad para salir del escondite. Olvidar a Valberg, ese maldito cabrón. Reunir el valor suficiente para mirarle a los ojos sin miedo si sus caminos volvían a cruzarse.

El primer sorbo fue fantástico; la cafeína le dio fuerza y la bebida caliente propagó calor por su cuerpo frío. Se dirigió a su amplio salón y miró por la ventana hacia arriba, hacia las níveas laderas de la montaña que bajaban hasta el mismo jardín trasero de su casa. Gunnar vivía cerca, a la sombra de la misma montaña.

—Amor mío.

Estas dos palabras en apariencia inocentes fueron puñaladas en el alma. Bellas palabras en otras circunstancias. Elín se quedó de piedra sin poder mover ni un dedo, se olvidó de respirar mientras un gélido escalofrío le recorría el cuerpo como una descarga eléctrica.

—Amor mío —repitió él, y al instante ella dejó caer la taza de café al suelo y vio cómo se rompía en mil pedazos y el negro café se esparcía por las baldosas blancas, a la vez que notaba que casi se desmayaba.

Necesitaba sentarse, pero entonces no tendría más remedio que girarse.

Tal vez lo mejor era acabar lo antes posible, mirarle a los ojos. Entre dos opciones malas, quizá la peor era darle la espalda. Tomó la decisión y se volvió.

Ahí estaba, inmóvil al pie de la escalera, prácticamente con las mismas ropas que cuando se conocieron en la discoteca de Kópavogur. Siempre vestía igual: chupa de cuero y pantalones vaqueros, ambos más ajustados de la cuenta. La única variación consistía en qué camiseta elegía debajo de la chupa.

Arrancó a andar hacia ella con pasos resueltos.

¿Debía gritar, atacarlo, correr e intentar escaparse? Al final decidió no hacer nada y dejó que el instinto la guiase. Por alguna razón se dijo que lo mejor era probar a mantenerlo calmado, tranquilo.

—¿Qué diablos haces aquí, Valberg? —Iba a hacerse la fuerte, fingir que tenía la sartén por el mango, pero la voz la traicionó y las palabras le salieron borrosas, temblorosas.

—¡¿Qué diablos haces *tú* aquí?! —replicó él, alzando la voz.

Ya estaba junto a ella, lo bastante cerca para poder ponerle las manos encima si ella intentaba gritar pidiendo auxilio o salir corriendo.

Supo que no la dejaría salir de la casa indemne, que no iba a marcharse por las buenas. ¿Podría acaso convencerlo?

—Me... me ofrecieron un trabajo. —Tras un breve silencio, añadió—: ¿Cómo me has encontrado?

Había recuperado la fuerza de la voz hasta cierto punto. Aun así, seguía muerta de miedo.

—¿Que cómo te he encontrado? —Valberg se rio—. O sea, ¿que te estabas escondiendo?

—No, no exactamente.

—Esta mañana he visto una foto tuya en no sé qué página web. Y me he dado prisa en llegar hasta ti: he cogido el coche y he venido directo hasta aquí al norte. ¡Elín Reyndal! —Soltó otra risa—. ¿Qué gilipollez es ésa, eh? ¿Creías que nunca te encontraría? ¿Que podrías esconderte en este pueblucho de mala muerte para los restos? —Se calló un rato, con la respiración agitada, señal de lo mucho que había fumado a lo largo de los años—. ¿Sabes una cosa, Elín? —Bajó la voz de nuevo—. ¿Sabes una cosa? Creo que podríamos haber roto por las buenas si hubieras hablado conmigo. Sé que a veces se me iba la mano, pero siempre te pedía perdón. Y no me puedes hacer esto, esfumarte sin más, uno, dos, ¡bum! ¿Eh? ¡Eso no se hace!

Se acercó un poco más y le puso la mano con cuidado en el hombro, antes de pegarle un bofetón.

Elín dio un respingo por el penetrante dolor, intentando apartarlo instintivamente, pero él la cogió de los dos brazos y los agarró con fuerza. Esto sólo era el principio; de eso estaba convencida. Esto iba a acabar mal.

—¿Que cómo te he encontrado? —Valberg sonrió—. Te he echado mucho de menos, te he buscado, sí, un montón. He preguntado por ti. He buscado en el registro civil. ¡Y pone que vives con tu madre! Estuve vigilando su casa, pero nunca llegué a verte. Y de pronto te ves envuelta en no sé qué investigación de asesinato, ¡una suerte loca la mía, joder! ¿Acaso disparaste a un poli, eh?

Valberg estaba sonrojado y temblaba al contener aquella energía nerviosa. Ese fuego interior suyo había sido atizado y ella era consciente de que todo lo que había sentido cuando le dejó había ido creciendo hasta convertirse en una rabia ardiente que le envolvía por todas partes. Ella no contestó. Él mantenía sus muñecas juntas mientras las agarraba con una mano.

—Bueno, no importa. No he tardado mucho en localizar tu casa. Sólo he tenido que preguntar en el pueblo. Todos estos paletos de provincias son muy serviciales. ¡Todos se fían de todos! Es una buena casa. Estaría de lujo vivir aquí; más espacio que en ese bloque de Kópavogur. Y tomas tus precauciones, veo. No había manera de entrar en la casa sin forzar nada. Todas las ventanas cerradas, la puerta con la llave echada. Así que he trepado hasta el balcón y he conseguido entrar por la puerta de ahí. Sólo he tenido que romper un cristal. Tampoco quería que te dieras cuenta al momento, amor mío. Si no, a lo mejor ni habrías entrado... Es que tenemos que hablar. Debemos evitar que esto se repita.

—Entonces, ¿nos... nos sentamos? —propuso ella.

Él volvió a darle un bofetón, más fuerte esta vez. De nuevo el dolor fue intenso. Se le saltaron las lágrimas.

—Sí, tú llora, me da lo mismo —dijo Valberg—. La culpa es tuya. No te imaginas el cabreo que me cogí. Cabreo y miedo. —A continuación repitió una vez más—: Eso no se hace.

Ella no se atrevió a decir nada. Sólo sentía cómo le caían las lágrimas a borbotones por las mejillas.

—Ni siquiera te has teñido el pelo o cambiado de corte. —Le acarició el cabello—. ¿Qué huida es ésa, eh? Un nombre nuevo en un sitio nuevo, pero la misma Elín de siempre. Hay que hacer las cosas a conciencia, es lo que siempre digo. No te has esmerado.

A Elín se le fue el pensamiento a Gunnar.

¿Acaso era el único que podía salvarla? Se sorprendió a sí misma rezando a Dios en silencio, pidiendo que Gunnar llegase cuanto antes. No habían quedado a ninguna hora concreta, sólo un acuerdo casi implícito de que él la seguiría a su casa.

Ojalá... ojalá estuviera de camino. Le gritaría cuando tocase al timbre, correría e intentaría abrir la puerta de la calle, que, por desgracia, estaba cerrada con llave. Valberg no se atrevería con los dos, antes se esfumaría y...

Sí, pensar en Gunnar le dio una pequeña esperanza, pero, al mismo tiempo, estaba llena de desazón, porque lo conocía bien y sabía que Valberg no dejaría de intentarlo. Una, y otra, y otra vez. Hasta lograr su propósito.

En la sesión matutina me han presionado para que participase en la terapia ocupacional. Me he apuntado a carpintería. La otra opción era labores de aguja e hilo, que no son mi fuerte. Al menos de carpintería sé algo, pero cómo me aburro, de todas maneras. Son dos horas diarias y el tiempo pasa muy despacio. Nos dejan escuchar la radio si queremos, pero eso empeora las cosas. Música clásica deprimente de la que tal vez podría disfrutar en otras circunstancias, pero que no hace sino añadir más melancolía a una comunidad que ya tiene de sobra. A veces leen los titulares de los diarios, y eso es aún peor. De cuando en cuando ponen música medio ligera. Algo rítmico que sube un poco los ánimos.

El incidente del otro día está enterrado y olvidado, me parece. Seguramente no soy el primero en Psiquiatría que tiene un ataque de ira ni tampoco seré el último. Aun así, me avergüenzo de mi comportamiento. Hasta cierto punto he intentado convencerme de que no estoy enfermo, pero el hombre «sano» que decidió quedarse temporalmente entre los enfermos ya no se distingue de ellos.

He conseguido hablar a solas con la enfermera esta mañana. Me tenía miedo. Le he preguntado sin rodeos por qué diablos el doctor Helgi no ha querido verme y me ha dicho que se le olvidó avisarle.

¡Que se le olvidó! No la creo. Se le notaba en la cara que estaba mintiendo. Una de dos: o él no ha querido verme, o ella ha dejado aposta de pedir hora para mí.

He salido de ahí a zancadas.

Sigo tomando esa medicación, no me queda otra, pero no me siento demasiado bien.

CAPÍTULO 24

La noticia del fallecimiento de Herjólfur ese mismo día fue probablemente lo que hizo cambiar de opinión a Gunnar Gunnarsson. En ese momento no podía con la idea de ir a visitar a Elín para ponerle los cuernos a su mujer.

Aun así, sabía que era culpable, que su intención, desde luego, había sido acostarse con Elín. Las excusas aducidas para ello habían sido numerosas y no todas buenas y, durante una temporada, la decisión había estado como esculpida en piedra, irrevocable. Se lo merecía. Había esperado lo suficiente. Su mujer lo había llevado a esta situación con su indiferencia.

Durante todo el día había estado tenso, estresado, incapaz de concentrarse en condiciones en el trabajo. Al principio la noticia sobre Herjólfur no le había hecho mella. Había intentado mostrar la reacción correcta... ¿La reacción correcta? No existía ningún manual para guiarte en estas circunstancias. Saltaba a la vista que la gente estaba consternada; el ambiente en las oficinas del ayuntamiento se fue llenando de aflicción, había pesadumbre en las miradas, tristeza en las voces, el respeto por el difunto y el temor pertinentes. Los reportajes sobre Elín no habían mejorado la cosa. Gunnar había intentado salir al paso enviando correos electrónicos al personal aduciendo que ella sólo había estado ayudando a la policía y que no estaba bajo sospecha, pero no tenía claro si eso había tenido el efecto deseado.

El remordimiento no le asaltó hasta que regresó a casa relativamente temprano, se dio una ducha y se cambió de ropa. Todas las excusas a las que había recurrido para justificar el acto en ciernes parecieron inútiles e insignificantes cuando escuchó la voz de su esposa al otro extremo de la línea telefónica. Sí, la había llamado, así de repente, ya vestido con el atuendo del adulterio. Se sentó en el suelo en el recibidor y la llamó.

Su mujer contestó con inusual rapidez y se concedió tiempo para charlar con él de esto y de lo otro. Como si presintiera que ésta era una llamada importante. Que estaba en juego el mismísimo matrimonio, que la vida conyugal pendía del hilo de sus cotidianas palabras banales.

Hablaron durante media hora, una media hora carísima con la tarifa internacional de la compañía telefónica, pero la conversación valió cada corona que pagarían por ella. Una vez acabada, Gunnar se levantó, se quitó la ropa elegante con la que había tenido la intención de seducir a Elín, se tumbó en el sofá y pensó, suspiró y pensó. Había estado muy cerca de hacer algo irremediable.

Por supuesto, tendría que haber llamado a Elín y disculparse por no acudir, incluso explicarle el asunto de corazón. Pero eso podía esperar, tenía que esperar. No podía pensar en ella ahora y, mucho menos, hablar con ella.

De ahí que se quedara en el sofá tumbado, mirando por la ventana, observando cómo crecía la oscuridad fuera, mientras la luz se expandía dentro de él mismo.

Hay círculos en el baño. Papel pintado raro que va haciendo círculos y círculos... Aun así, te puedes acostumbrar, como te habitúas a otras cosas. Como a esa cosa insípida que llaman comida. Como a la indiferencia.

Tengo el cuerpo revuelto por la medicación, pero no puedo rendirme. Una y otra vez he pedido una reunión con el doctor, siempre en vano. Tengo que intentar no exaltarme, mantenerme educado y prudente. La enfermera ha vuelto a prometerme que hablaría con él, pero no hay ningún avance.

Procuro no mezclarme con los demás, aquí en la Unidad Psiquiátrica. Puede que suene arrogante. Algunos hasta lo llamarían comportamiento antisocial, pero yo no lo veo así. No tengo intención de integrarme en ese grupo de ninguna manera. He de quedarme aquí cierto tiempo, hasta que me ponga bueno, hasta que consiga recuperar mi norte. Hasta que mi padre me perdone. Increíble pero cierto: aquí es bastante fácil crearse un mundo particular y no hablar con los demás salvo que sea es-

trictamente necesario. Aquí hay pocos con ganas de cháchara; la gente ya tiene bastante con sus propios problemas. Los dos o tres que sienten mucha necesidad de expresarse hace tiempo que se han encontrado los unos con los otros y suelen sentarse en la sala de estar todo el santo día, en su rincón. Yo los evito. Y ellos a mí.

CAPÍTULO 25

—¿No nos podemos sentar un ratito? —se atrevió por fin a preguntar Elín—. Vas a tener que soltarme, esto duele.

—¡Es que tiene que doler!

Valberg no ocultaba su enfado; relucía en el tono de voz, en la mirada. Por experiencia ella sabía que estaba a punto de perder el control. Tenía que mantenerlo calmado, ganar tiempo hasta que Gunnar llegara. Su ex era capaz de cualquier cosa.

—Sentémonos —dijo con tanta firmeza como pudo—. Hablemos las cosas. Suéltame, no me iré a ninguna parte.

Él aflojó un poco la presa.

—Sí, más vale que no lo hagas. Si intentas algo, te mato; te lo juro: ¡te mato!

—No voy a intentar nada —contestó ella. Luego reunió todas sus fuerzas y añadió—: Amor mío.

—Sé que no lo dices de corazón. Si no, no me habrías abandonado.

Por un momento pareció vulnerable, pero Elín tuvo mucho cuidado de evitar su mirada.

La soltó, pero procuró tenerla al alcance de la mano.

Ella se encaminó despacio en dirección a la mesa de la cocina.

—¿Por qué no nos sentamos?

Él asintió con la cabeza.

—¡Y no intentes ninguna estupidez! —espetó, igual de excitado que antes, al tiempo que la empujaba hacia una silla.

Elín se pegó un susto de muerte, perdió el equilibrio y se golpeó en el hombro contra la esquina de la mesa al caer. La asaltó un dolor intenso, a pesar de lo cual intentó levantarse sin dejar que se le notase demasiado.

Él era muy peligroso y, peor aún, ahora parecía obtener más placer de hacerle daño que nunca antes.

Se sentó con dificultad a la mesa de la cocina; tenía el hombro entumecido.

—He venido aquí para buscarte. Por supuesto, sé muy bien que lo nuestro se acabó, pero nadie me hace una putada así y no voy a permitir que te salgas con la tuya en esto. ¡Largarte a provincias sin más y empezar una nueva vida, esfumarte! ¡Debería darte vergüenza!

—¿No quieres algo de beber? —preguntó ella con cautela—. Creo que tengo cerveza.

Por desgracia se notaba que él estaba sobrio. La bebida lo dejaba amodorrado, cansado, algo que él probablemente sabía mejor que nadie.

—No, gracias. Nada de cerveza.

—¿No podemos intentar solucionar esto, Valberg? ¿Y volver a empezar, quizá?

Sintió mal sabor de boca tras soltar eso. Este hombre le daba asco. ¡Qué falta de juicio había tenido al dejarse engañar así y mudarse con él! O, sencillamente, por no haberse largado en cuanto comenzó la violencia…

Él callaba.

—Cuéntame: ¿cómo te va en el trabajo? —Intentó sonar natural.

—¡Como si te importara una mierda! Pero ya que preguntas: me echaron. Putos gilipollas.

El corazón le dio un brinco a Elín. Eso lo hacía aún más peligroso: había perdido el punto de apoyo en su vida cotidiana.

Sus ojos se fueron al reloj de la pared de la cocina. Había invitado a Gunnar a que se pasara por su casa después del trabajo. Pero «después del trabajo» era un concepto flexible. De hecho, ella había llegado a casa más tarde que de costumbre; él había salido de la oficina antes que ella. No era descabellado pensar que estaría a punto de llegar… Su móvil se hallaba encima de la consola del recibidor, donde solía dejarlo. Las probabilidades de que lograra llegar allí y consiguiese realizar una llamada eran nulas. Valberg la detendría antes.

Ella estaba en buena forma, pero una pelea con él sería muy desigual.

—¿Hablas en serio? —soltó él con brusquedad.

—¿Cómo?

Salió sobresaltada de sus pensamientos.

—*¿Que si hablas en serio?* —repitió él—. Sobre lo que has dicho, lo de volver a empezar.

¿Estaba mordiendo el anzuelo? ¿Era ésa la llave para escaparse, al menos por el momento? No totalmente indemne, pero sí viva. Le escocía la mejilla por los golpes y el dolor en el hombro empeoraba con cada minuto que pasaba.

—Sí, claro —contestó con toda la convicción de la que era capaz—. Desde luego.

—¡Demuéstralo!

Se levantó de un salto, la agarró y tiró de ella hacia arriba por el hombro lesionado. Nunca había sentido tanto dolor. No podía más. El llanto irrumpió sin que pudiera controlarlo.

—Venga, venga. —La empujó hacia la escalera—. ¡Arriba!

—¿Por qué? —sollozó Elín—. ¿Por qué arriba?

—Arriba, al dormitorio, claro. Tendrás ganas de mí, ¿no? Ya que vamos a darle a esto una segunda oportunidad.

Ella creyó notar sarcasmo en su voz, aunque no estaba segura.

Aquí tenía que poner los límites. No tenía intención de meterse en la cama con él; eso no sería otra cosa que una violación.

—Espera —dijo.

—¿Esperar? ¡No, venga! ¡Arriba!

Estaban ya a mitad de la escalera.

—Ahora no, amor mío. Ahora no.

Él no la escuchaba, sólo la empujaba.

—Ahora no —repitió ella.

De repente, él se detuvo y le gritó:

—¡Exacto! ¿Ahora no? Ya sabía yo que no hablabas en serio. Te juro que lo sabía, ¿eh? Maldita embustera, no eres más que una mentirosa.

Volvió a agarrarla del hombro desde atrás, con lo que ella perdió el equilibrio y soltó la mano de la barandilla. Él se apartó y dejó que cayera. Su corazón iba desbocado. No podía creerse que esto estuviera pasando, e intentó pensar con claridad durante esos escasísimos instantes que podrían marcar la línea divisoria entre la vida y la muerte. La caída era pronunciada, casi habían llegado a la planta superior. Gritó de pánico y le pareció que volaba una eternidad por los aires antes de golpearse contra el suelo.

Me aburro aquí. Me siento mal, mental y físicamente, y me aburro. Y la cosa no mejora al escribir esto en el papel, ver en negro sobre blanco lo mal que estoy.

Hay un televisor en la sala de estar, pero la tele, claro, está de vacaciones. ¡Qué suerte la mía al ingresar en Psiquiatría precisamente en julio, cuando la televisión islandesa cesa sus emisiones durante un mes entero! Así que no hay mucho que rompa con la monotonía diaria. A veces organizan veladas. Al principio me mostraba reacio a acudir, pero hoy he ido por primera vez.

Velada vespertina... La expresión suena a tiempos antiguos, a esas veladas que solían celebrarse hace siglos en este país, cuando las familias de campesinos se reunían por la noche en el salón dormitorio de esas granjas de turba y piedra en las que vivía la gente del campo para trabajar la lana y hacer manualidades mientras uno de ellos leía la Biblia y las antiguas sagas islandesas. Sí, había algo acogedor en todo esto. Un ancla en la monotonía.

A veces —de hecho, con frecuencia— pienso en mi madre.

Si tuviera una hermana, ¿sería como mi madre? Brillante y dinámica, aunque incapaz de sacarle todo el partido a sus ambiciones.

¿Uno empieza a asemejarse a sus padres con el primer aliento y las características en común van aumentando con el tiempo? ¿O hay divergencias en algún punto? Y, en este caso, ¿cuándo?

Mi padre siempre ha trabajado mucho y, aun así, es algo que ha empeorado en los últimos años. Más responsabilidad, turnos más largos. Más ausencias.

Han ofrecido café y rosquillas con la novela que han leído esta noche. No tenía costumbre de café, no hasta ahora. Uno aprende bastantes cosas inesperadas en la Unidad Psiquiátrica.

CAPÍTULO 26

Ari Thór se fue a casa sobre la hora de cenar. Tuvo permiso para ausentarse un rato con la condición de volver a comisaría a las nueve. A esa hora Tómas debía dirigir una reunión con los policías que trabajaban en el caso en el norte, junto con los agentes clave en Reikiavik que estarían al teléfono. No era de recibo que el asesino de un policía anduviera suelto, el público en general no iba a tolerarlo, y eso había quedado claro por la atención mediática y el debate creado. Algo así no podía suceder en Islandia, el país más pacífico del mundo. Los más enfadados eran los demás policías, tanto los jefes como los subordinados. Incluso Tómas. Esta justa indignación hundía sus raíces en el instinto de supervivencia, de alguna forma implicaba cierto egoísmo. «Ése podría haber sido yo» o «Yo podría ser el próximo». Nadie lo decía en voz alta, pero Ari Thór no dudaba de que de ahí surgía la rabia, consciente o inconscientemente.

Tómas había puesto como condición durante la pausa de la cena que las llamadas a la comisaría se desviaran al móvil de Ari Thór; él necesitaba concentrarse en la preparación de la reunión vespertina. De todos modos, pocas de las llamadas ese día habían sido urgentes; los periodistas eran los que más insistían, telefoneando una y otra vez cada poco tiempo. Nadie quería perderse la exclusiva en aquel gran caso. Mientras tanto había alguna que otra llamada de gente que decía tener información acerca del caso; algunos incluso aseguraban conocer el móvil —por supuesto, rebuscado— del asesinato. Y, por último, llamó un hombre que sostenía haberse comunicado con Herjólfur en el más allá. Ari Thór registró las llamadas a conciencia, pero hasta ahora no habían recibido ninguna pista tangible. Ninguna que justificara una verificación ulterior.

También saltaba a la vista que esta muerte había impactado con fuerza en los habitantes de Siglufjördur. Ari Thór entendía bien esa reacción; no sólo había dinamitado la sensación de vivir en el país más seguro del mundo, sino que Siglufjördur se había convertido en la zona cero y el símbolo de una nueva amenaza invisible. Aquel pueblecito tranquilo se había convertido de golpe y porrazo en un peligroso antro de criminalidad. Siglufjördur había perdido su inocencia.

Kristín y Ari Thór cenaron medio en silencio. Stefnir ya se había dormido cuando su padre llegó a casa y la madre parecía agotada tras pasar el día con el pequeño.

Vieron juntos el telediario de las siete. El caso copaba las noticias, claro está, convertido ahora en una investigación de asesinato. Informaron sobre el fallecimiento de Herjólfur, seguido de un panegírico con su historial profesional, ilustrado con una foto suya tomada hacía demasiado tiempo.

—Stefnir ha estado muy animado hoy —dijo Kristín de repente—. ¿Qué tal tu día?

El desinterés en la voz hacía que la pregunta resultase vacua.

—Bastante cuesta arriba. Tómas es más exigente que en los viejos tiempos, y eso está bien, pero resulta agotador.

—Deberías acostarte temprano —aconsejó Kristín.

—Ojalá pudiera —suspiró Ari Thór—. Tengo que salir otra vez luego a una reunión.

—¿Otra vez? ¿No tenéis que descansar entre guardias? —inquirió ella, sin ocultar la indignación en la voz.

—Sí, pero…

El móvil le salvó de acabar la frase. Era un periodista. Se presentó tan precipitadamente que Ari Thór no se quedó con su nombre.

—Estamos cerrando la edición —dijo—. ¿Tienes algo para nosotros? ¿Alguna novedad?

Ari Thór suspiró y respiró hondo para hacerle esperar un poco.

—No, ninguna novedad —dijo al fin.

—¿Mepuedesllamarsipasaalgoestanoche?

El periodista hablaba tan rápido que costaba entenderlo.

—Os haremos saber si sucede algo —dijo Ari Thór y colgó. Luego se giró hacia Kristín—: Lo siento, cariño.

—Creo que voy a subir —dijo ella en tono cansado.

—¿Ya, tan pronto? ¿En serio? Espérate un rato, no…

El móvil volvió a sonar.

—Sí —contestó Ari Thór en tono áspero, al tiempo que intentaba susurrarle a Kristín: «No te vayas todavía».

—¿Es… la policía? ¿De Siglufjördur? —Era una mujer; hablaba bajo, con cautela.

—Sí —contestó Ari Thór.

—Sí, me llamó… Ása.

—¿Cómo? ¿Ása? —preguntó el agente. Apuntó el nombre; tenía que registrar esta llamada como las demás.

—No estaba segura de si… —seguía hablando susurrando, apenas se distinguían las palabras.

—¿Sí? —Ari Thór vio que Kristín se impacientaba.

—Verá… Quería hablar con usted por un paciente de la Unidad Psiquiátrica del Hospital Nacional, aunque no estaba segura de si debía llamar, no estaba del todo segura...

Ari Thór puso los ojos en blanco.

—La Unidad Psiquiátrica, muy bien. ¿Está allí ahora?

—¿Cómo? No, no, o en realidad sí. Soy enfermera.

—¿Y qué pasa con ese paciente?

—Bueno... —Silencio—. Oiga, tal vez llamo mejor más adelante. No estoy segura de si puedo hablar sobre los pacientes... Esto ha sido un error.

—Vale —dijo Ari Thór, medio aliviado—. Gracias. —Colgó.

Kristín se había puesto de pie.

—Espera, amor mío. ¿No deberíamos, ya sabes, aprovechar ahora que él está dormidito y yo en casa?

—Ahora no, Ari Thór. No estoy de humor. Estoy demasiado cansada.

Kristín fue hacia la puerta sin girarse, pero al llegar al vestíbulo él vio su cara de perfil. Ari Thór siguió de pie y vio cómo ella desaparecía por las escaleras, seguro de que había visto lágrimas en sus ojos. ¿Por qué estaría llorando? ¿Qué estaba pasando y qué podía ser tan grave que la llevara a eso?

No he salido de la habitación esta mañana. He pasado del desayuno porque me encuentro fatal. Tengo náuseas y no me apetece ver a nadie. He vuelto a pedir que me cambien la mediación, pero no sirve de nada. Para solicitar un cambio necesito que me dejen ver a mi médico. O a cualquier médico. Pero eso es más fácil decirlo que hacerlo. Tengo entendido que pasó por aquí ayer, pero la enfermera, esa tal Ása, dice que no ha conseguido que me diera hora. Por un instante he tenido la sensación de que me estaba mintiendo, de que ni siquiera le había pedido hora para mí.

Ása. ¿Qué tendrá en contra mía? Ása. No sé por qué no me había molestado en preguntarle el nombre antes.

La ventana de mi cuarto da a un jardín más bien solitario. No hay nadie ahí, el césped está raquítico y descuidado, aun ahora en pleno verano. Además, me parece que fuera hace frío; al menos yo tengo frío. El cielo está gris, como si el otoño hubiera llegado demasiado pronto. Intento ver a través de las ventanas del otro lado del jardín, de las innumerables ventanas; detrás de cada una se esconden pacientes con una triste historia. A lo mejor están sentados al lado de la ventana como yo, mirando por encima de este jardín descuidado.

El aire puro ni se da por supuesto aquí. Apenas puedo abrir un pequeño resquicio en la ventana y eso sirve de poco. Percibo cómo el aire se vuelve cada vez más pesado aquí dentro y me aplasta. Los párpados se me caen.

Me voy a echar un rato.

CAPÍTULO 27

Elín notó cómo se le rompía la muñeca al chocar contra el suelo. Primero oyó el sonido, un chasquido horroroso, y luego le sobrevino el dolor de golpe. Un dolor terrible y penetrante. También le asaltaron las náuseas. Estuvo a punto de vomitar e intentó respirar hondo. Debía mantener la calma, si es que se podía en estas circunstancias.

Al menos seguía con vida. ¡Había sobrevivido a la caída! Escuchó a Valberg gritarle no sé qué insultos y lo vio ahí, en lo más alto de la escalera. Reparó en el gesto de su cara, en la sonrisa desquiciada de un hombre trastornado.

Fue una suerte, dentro de toda esta desgracia, que fuese la muñeca derecha la que se había fracturado, porque el hombro lesionado también era el derecho, así que podía utilizar la mano izquierda con toda su fuerza. Bueno, tal vez no *toda* su fuerza, pero sí con bastante potencia, habida cuenta de su estado.

Trató de ponerse de pie sin mucho éxito. Le dolía todo el cuerpo tras la caída, aunque no tenía más fracturas que la de la muñeca. Hizo un nuevo intento y esta vez logró levantarse. Se mareó y tuvo que agarrarse a la barandilla para no caerse de bruces. Intentó equilibrarse, con los ojos clavados en Valberg en lo alto de la escalera. De pronto cayó en la cuenta de que lo único sensato habría sido probar a salir corriendo de la casa en el instante en que él apareció: escapar a la calle, montar jaleo, romper uno de los cristales de la casa, cualquier cosa para llamar la atención de los vecinos. Probablemente ya era demasiado tarde; la verdad es que ahora no estaba para grandes hazañas.

—Vaya flojera la tuya —dijo él de repente. Ella se sobresaltó—. Aquí estoy yo, tratando de ayudarte a subir las escaleras y ¿qué haces tú? Irte al suelo por un empujoncito de nada. Embustes, embustes y más embustes. Nunca has tenido intención de mantener tu palabra, ¿verdad? Me has estado mintiendo todo el tiempo, seguramente desde que nos conocimos, ¿no?

Valberg no se movió.

A ella le costaba Dios y ayuda respirar y mantenerse en pie.

—Lárgate de aquí, cabrón. Lárgate ahora mismo. No quiero volver a verte jamás. —Elín apenas era capaz de hacerse oír; sabía que estaba corriendo un riesgo, pero ya le daban igual las consecuencias.

—¿Que me largue? ¿Ahora? —Descendió un peldaño—. ¿Te has vuelto loca? Esto acaba de empezar.

Ella presintió que había llegado el momento decisivo, que los próximos instantes podrían ser determinantes entre la vida y la muerte. Si se quedaba donde estaba, probablemente no lograría salir de ésta con vida. Se movió un poco. Sí, parecía que podía caminar a pesar de todo. Y ojalá correr también. Ojalá la muñeca rota no fuese un obstáculo.

Él iba bajando la escalera paso a paso, deteniéndose a medio camino y observándola como un gato que estudia su presa. ¿Hasta dónde lograría llegar ella? Intentó sopesar sus opciones en un santiamén. Tenía imposible llegar hasta la puerta de la calle. Hasta el salón sí. Hasta la cocina, probablemente. Claro, ¡la cocina! De repente se acordó de un cuchillo grande japonés —el vendedor al menos había dicho que lo era— que estaba al lado de la tabla de cortar, en la que se había troceado una manzana por la mañana. Por pura pereza no había guardado el cuchillo. Debía intentarlo, no tenía otra alternativa.

Así que arrancó a correr, herida y muerta de miedo. No sólo muerta de miedo, estaba aterrorizada. Lo escuchó salvar los últimos peldaños en unos pocos saltos a su espalda.

Logró entrar en la cocina antes de que él consiguiese alcanzarla. No gastó ni tiempo ni energías en mirar atrás. Vio el cuchillo, ahí estaba, al alcance de la mano. Lo agarró por el mango y se dio la vuelta como un rayo. Valberg casi estaba a su lado, su vida dependía de una fracción de segundo. Él, al ver el cuchillo, se detuvo en seco.

—¿Has perdido totalmente la cabeza? Suelta el puto cuchillo. No queremos que nadie salga herido, ¿verdad?

Ella no pudo evitar sonreír por lo absurdo de este último comentario suyo. Notaba cómo el dolor se intensificaba, cómo le recorría todo el cuerpo en oleadas; incluso aumentaba con sólo sonreír. «No queremos que nadie salga herido…»

—¡Sal de aquí, hijo de la gran puta!

Esgrimió el cuchillo en su dirección y él retrocedió. Fuese japonés o no, era un cuchillo afiladísimo; había atravesado la manzana esta mañana como si fuera mantequilla. Ojalá Valberg no se diera cuenta de que sostenía el cuchillo en la mano izquierda y no recordara que era profunda y completamente diestra. No sabía si sería capaz de usar el cuchillo con eficacia en caso de que fuese a por ella. Tenía que desviar su atención hacia otra cosa; era su única esperanza.

—Sí, sí, ya me marcho… —Él retrocedió un paso—. Pero volveré, amor. A lo mejor me mudo a vivir aquí al norte. Habrá alguna vivienda libre en esta calle, ¿no?

—¡Vete al infierno! ¡No quiero volver a verte nunca! ¡Nunca! ¿Me oyes?

Valberg desplegó una sonrisa como sólo él sabía. Una sonrisa que en su día había resultado seductora y sincera, pero que ahora tuvo el efecto contrario en ella.

—A lo mejor acepto tu oferta después de todo —continuó en tono quedo.

—¿Qué?

—La de un polvo, claro. Ya que he venido hasta aquí... ¿Qué me dices? Aquí y ahora, en el suelo de la cocina, pero primero tienes que soltar ese cuchillo... —Dio un paso hacia delante—. Venga, dame el cuchillo. ¡Ya!

Ella sintió que el pánico invadía cada centímetro de su cuerpo y reaccionó dando un salto hacia delante, hacia Valberg, blandiendo el cuchillo. Él dio un respingo y retrocedió un paso, pero tropezó con un felpudo. Ese felpudo siempre había dado problemas. Vio la cara de sorpresa que puso al perder el equilibrio, caerse hacia atrás y golpearse la cabeza contra la mesa de la cocina.

Elín se quedó paralizada, blandiendo todavía el cuchillo, mirando al hombre que había estado a punto de matarla. Ahí yacía inmóvil. Durante un instante se le pasó por la cabeza que estaba muerto, pero en lugar de salir corriendo o llamar a la policía, se acercó para ver si le notaba el pulso. Seguía con el cuchillo en la mano.

Sintió una inmensa decepción al comprobar

que estaba vivo, probablemente sólo aturdido por el golpe. El corazón le galopaba en el pecho, tan deprisa que comenzó a marearse mientras se repetía a sí misma: «Volverá». Las palabras de Valberg resonaban en su mente, rebotaban en su cabeza, de un lado a otro, de un lado a otro. «Volverá.»

¿Dónde podría esconderse la próxima vez? ¿Debería huir de Islandia?

«¡Volverá!» No podía pensar con claridad, el ruido de estas palabras ahogaba el resto.

Perdió cualquier capacidad de pensar con lógica y, con un grito angustiado, tiró el cuchillo y se tapó los oídos. Luego no podría recordar lo que sucedió después de aquello, pero al volver en sí estaba sentada en el suelo contemplando el inmenso charco de sangre que inundaba las baldosas blancas.

Un escalofrío la recorrió de arriba abajo, las náuseas se intensificaron de nuevo y vomitó. Algo terrible acababa de suceder, algo irreversible. Le dolía todo el cuerpo tras la pelea y, sin embargo, de un modo extraño, se sentía increíblemente bien. Al fin era libre.

No he pegado ojo esta noche. La dichosa medicación. El desayuno me ha sentado mal y ha acabado devuelto al plato, ante los gestos asqueados de los presentes. Su reacción ha sido la gota que ha colmado el vaso y más o menos he perdido los estribos. No he hecho daño a nadie, menos mal, pero ha faltado poco. No sé exactamente qué me ha pasado; me inclino por echarle la culpa a las circunstancias, o quizá a las medicinas...

Dos de ellos se han sentado encima de mí hasta que me he calmado. Me vigilan desde entonces. Quizá debería estar vigilado siempre.

CAPÍTULO 28

Elín se concedió unos minutos antes de llamar a la policía. Minutos importantes. Tenía que meditar el asunto a fondo, aunque no demasiado tiempo.

Ahí estaba tirado el malnacido, muerto del todo. Y se alegraba por ello, estaba eufórica. La conmoción seguro que llegaría más adelante. Seguro que lo haría. No tenía nada de usual, nada de natural, matar a un hombre.

Necesitaba afrontar de inmediato el hecho de que había matado a Valberg. Pero ¿se trataba de un asesinato? Claro que habría sido más sencillo si se hubiese muerto al golpearse la cabeza contra la mesa, como creyó al principio. Aun así, el resultado era el mismo: a ella la dejarían en paz. La dejarían vivir tranquila, porque en el fondo estaba convencida de que él no habría parado hasta cumplir con su objetivo. Primero habría ido a la cárcel durante una temporada por allanamiento de morada y por la agresión, pero la condena no habría sido muy severa. Se habría visto forzada a huir eternamente y eso no era propio de ella.

La primera justificación, por lo tanto, fue ésa: de todos modos habría podido morirse con el primer golpe en la cabeza.

La segunda justificación era que había sido en defensa propia; tal vez no en el sentido más estricto de la expresión, pero, aun así, un tipo de defensa propia. El instinto de supervivencia…

Lo tercero que podría usar en su descargo era que estaba enajenada cuando lo apuñaló. No recordaba haberlo hecho. Ésta era la mejor excusa y a la que Elín se agarraba como un clavo ardiendo, porque le daba una justificación para consigo misma. Le permitiría conciliar el sueño por la noche. Seguir llevando una vida normal. Como persona y no como asesina.

Buscó su móvil mientras estos pensamientos se amontonaban y se estorbaban los unos a los otros. Marcó el número, pero no llamó. No de inmediato. ¿Qué le iba a contar a la policía?

¿La verdad? ¿Que había asesinado a un hombre a sangre fría, pero que no se acordaba? ¿La creerían? Quizá sí, pero sólo tras un largo proceso judicial con cobertura mediática. No podía pasar ni un solo día entre rejas, no lo resistiría. Eso ni pensarlo.

Y, por supuesto, no se lo merecía. Valberg había forzado la entrada de su casa, la había amenazado, golpeado, empujado por una escalera; tenía intención de violarla y luego, a buen seguro, matarla. Al final, las tornas habían cambiado, todo se le había vuelto en contra y había acabado mal para él. De un modo increíble, Elín había conseguido sobrevivir y ahora no iba a consentir que ese hijo de puta la arrastrara con él hasta los infiernos.

Y tampoco había duda de cuáles habían sido los antecedentes. Ella llevaba grabadas las señales que daban fe de ello.

Hizo la llamada.

No puedo confiar en nadie aquí dentro. Me han ofrecido que me una a los demás pacientes en el jardín esta mañana, pero no me ha interesado. ¿Cuánto tiempo llevo sin salir al aire libre?

Nadie ha venido a visitarme, ése es mi castigo. Padre no permite que un comportamiento como el mío quede impune. En mi casa nadie intenta cometer un suicidio. ¡Una cosa así se castiga con dureza!

Los días pasan muy despacio aquí dentro, quizá porque me niego a participar en cualquier actividad social. No tengo nada en común con esta gente. ¡Nada!

Los pacientes se quedan sentados jugando a las cartas, tomando café y fumando. Sí, eso he dicho: fumando. Hay una densa nube de humo de tabaco en la sala de estar y en el cuarto de la tele. Yo casi no fumo, y ni mi padre ni mi madre fuman (en mi casa, tanto el suicidio como el tabaco están muy mal vistos), así que no estoy acostumbrado a un aire tan viciado. Cada uno recibe su ración de cigarrillos todos los días y lo aprovechan a tope. Por eso me siento aún peor y eso que mis condiciones de partida no eran ninguna maravilla.

A lo mejor la única manera de contrarrestar esto es empezar a fumar y punto. El café se ha convertido en mi mejor amigo, lo que demuestra que uno se puede acostumbrar a casi todo. Aunque no a todo, o yo no estaría aquí.

CAPÍTULO 29

La puerta de la calle estaba abierta. Ari Thór y Tómas entraron con cautela en la casa. Tómas primero, con Ari Thór pisándole los talones.

La llamada se había recibido cuando Ari Thór aún estaba en casa. El 112 la había desviado de inmediato a la policía de Siglufjördur y de ahí había ido al móvil de Ari Thór.

Elín había dicho su nombre precipitadamente con la respiración agitada.

—Tienen que venir ahora mismo. ¡Está muerto!

—¿Quién está muerto, Elín? —había preguntado Ari Thór con tono tranquilo.

—Valberg, mi exnovio. Ha… ha… forzado la entrada de mi casa… Ha intentado… ha intentado… matarme. ¡Tienen que venir ya!

El hombre que yacía en el suelo de la cocina estaba muerto, eso era obvio: el charco de sangre despejaba por sí solo cualquier duda al respecto.

Ari Thór se creía capaz de aguantar cualquier cosa, pero aun así la escena le afectó de mala manera, sobre todo el cuchillo de cocina clavado en el pecho. Luego vio a Elín acurrucada en un rincón, con la muñeca derecha colgando en un ángulo imposible.

Ari Thór miró a Tómas, quien hizo un gesto con la cabeza y se dirigió hacia ella.

—Elín… —dijo con tacto—. Elín…

Ella levantó la mirada y trató de ponerse de pie. Había algo raro en cómo lo intentaba, apoyándose con una sola mano mientras la otra colgaba floja a un costado. También tenía heridas en la mejilla.

—Me duele mucho —dijo ella cuando se hubo levantado—. Me empujó por la escalera, necesito ir al hospital.

—¿Se siente capaz de hablar un minuto con Tómas y conmigo antes de ir? —preguntó Ari Thór.

Los de la ambulancia ya habían acudido y se colocaron al lado del joven policía.

—Me golpeó. Una y otra vez —dijo Elín—. Luego me empujó contra la mesa, casi no puedo mover el brazo… —Suspiró y respiró hondo—. Y después… me tiró por las escaleras. Creo… creo que tengo la muñeca rota. Y duele horrores, duele horrores. —Se le escapó un gemido entre los labios.

—¿Algún golpe en la cabeza? —preguntó uno de los sanitarios.

—Sí, creo que me quedé sin conocimiento

cuando me golpeé contra al suelo, al caer por la escalera.

—Entonces tenemos que ponernos en camino de inmediato.

Pero Ari Thór no iba a dejar que se fuera tan deprisa. Encendió la grabadora:

—Elín, ¿puede resumirnos brevemente lo que ha pasado?

—¡Claro que puedo! ¡Ha intentado matarme! —gritó para luego bajar la voz—. Lo siento...

—No pasa nada. Siga si se ve capaz.

—Él ya estaba aquí cuando volví a casa. —Elín tenía la respiración entrecortada—. Había trepado hasta el balcón y había forzado la entrada... He intentado defenderme, pero él era demasiado fuerte. Me ha arrastrado escaleras arriba... y me ha empujado desde el último peldaño.

Dejó escapar el aire, parecía exhausta.

—Tenemos que irnos —insistió el de la ambulancia, pero Ari Thór no había acabado:

—¿Cómo ha recibido esa puñalada? —preguntó.

—Yo... he logrado llegar hasta la cocina y he cogido el cuchillo... Él ha sido tan rápido... Me he dado la vuelta justo cuando me ha atacado y él... se puede decir que... se ha lanzado contra el cuchillo... —dijo entre sollozos—. Yo no pretendía... Antes lo amaba. Pero he tenido que hacerlo, he tenido que defenderme... —Hubo un breve silencio, Elín contuvo un gemido—. ¿No lo ve? —lloró—. Iba a matarme.

¿Por qué está tan oscuro aquí dentro?

Un mantel gris oscuro, puertas oscuras, todo incoloro y patético, salvo el naranja maniaco de mi dormitorio.

La comida sabe a rayos y yo me siento como una mierda.

Tengo ganas de largarme de aquí, pero no de volver a casa.

Recuerdo la primera vez que vi a mi padre darle una paliza a mi madre. No era la primera vez que la golpeaba, sólo la primera vez que yo estaba presente. La primera vez que perdió el control delante de su único hijo.

Fue un 25 de diciembre, yo estaba sentado en un rincón jugando con un juguete que había recibido de regalo de Navidad. Miré hacia arriba al escuchar el golpe, me pareció oír un golpe fuerte. No tengo ni idea de qué pasó antes de ese momento; no fue a raíz de ninguna discusión. Mi madre nunca discute. Seguramente habría dicho algo que le disgustó. Por lo general, eso basta.

Él hizo como si yo no estuviera allí. Me quedé inmóvil por completo, siguiendo el altercado sin entender del todo qué estaba pasando. Como si estuviera mirando a dos desconocidos. Hubo más de un golpe; no me acuerdo de cuántos, pero más de los que nadie sería capaz de resistir.

Sentí cada golpe como si lo recibiera yo.

En realidad, lo peor era el silencio, el silencio antes de cada golpe. Como la calma antes de la tormenta.

Recuerdo el fuego en los ojos de mi padre cuando por fin se dio cuenta de que yo estaba delante, nunca he visto nada igual. Me asaltó un miedo atroz. No voy a llegar tan lejos como para decir que vi maldad en esa mirada, no, eso sería demasiado dramático. ¿Cómo describirlo? ¿Enfado? No... Furia. Furia descontrolada. Descontrolada: ésa es la palabra. No tenía ningún control sobre sí mismo y eso era lo más chocante. Cómo ese hombre por lo general afable —estricto conmigo, sí, pero en lo demás simpático— podía convertirse en un monstruo.

Un monstruo. Nunca antes he usado esta palabra para referirme a mi padre y me da vergüenza hacerlo, pero, en cierto modo, resulta liberador poder plasmarla en el papel, sin que haya repercusiones. Sin consecuencias. Aquí estoy a salvo.

CAPÍTULO 30

Kristín había recibido una llamada inesperada esa noche, del médico del hospital de Akureyri, el que había conseguido despertar en ella un sentimiento incómodo en las últimas semanas. El motivo de la llamada era inocente: quería saber si Kristín podía hacer la guardia al día siguiente para sustituir a un colega. Era poco habitual recibir una llamada así de un compañero de trabajo, por norma eran los jefes quienes organizaban las guardias del personal. Se permitió la ilusión —porque soñar despierto es en sí inocente— de que lo había usado como una excusa para llamarla. Porque tenía ganas de hablar con ella.

De hecho, la conversación fue más larga de lo esperado. El niño dormía y Ari Thór se encontraba en el trabajo, como siempre, así que no tenía nada mejor que hacer que flirtear un poco por teléfono. Con indirectas, claro; todo muy inocentón. Hablaron durante casi una hora; habría jurado que no fue tanto, pero su móvil no mentía. Cincuenta y siete minutos: eso era lo que marcaba cuando al fin colgaron.

Hablaron de todo y nada. De qué le parecía a él la vida en Akureyri, de qué hacía para divertirse en la ciudad, bajo la oscuridad invernal y el frío. Le confió que todavía no había empezado a quedar con otras mujeres tras su divorcio, que le estaba costando recuperarse, aun cuando ya se notaba a la legua que el matrimonio no podría funcionar.

En esos cincuenta y siete minutos, Kristín mantuvo una conversación más sustanciosa con ese desconocido que cualquiera de las que había tenido con Ari Thór durante meses. Él dio más de sí en esa charla que Ari Thór, y ella —eso debía reconocerlo— se mostró más abierta con él, más receptiva y positiva de lo que había sido con Ari Thór últimamente.

Y antes de darse cuenta había aceptado salir a cenar con él después de la guardia al día siguiente. Él se quejó, en tono divertido, de que echaba en falta tener amigos en Akureyri, de que a menudo salía solo a cenar. Cuando ella aceptó cenar juntos, sabía que estaba dejando en sus manos el siguiente movimiento. Por supuesto, no tenía intención de ir más allá, eso era al menos lo que se decía a sí misma.

Aunque tampoco le mencionaría nada a Ari Thór, para que no lo malinterpretase. Sólo le contaría que también tendría que hacer guardia por la tarde.

Sintió un ligero cosquilleo y, acto seguido, una pizca de mala conciencia, pero enseguida se la sacudió de encima, de manera ordenada y sosegada. Se recordó con amargura que Ari Thór había cometido su falta en su día con aquella chica de Siglufjördur, así que ella tenía bien merecida una pequeña e inocente aventurilla, si se podía llamar así. Una cena con un buen amigo era una diversión inocente; una mentira piadosa por ese motivo estaba permitida.

El alcohol nunca es el detonante de la violencia. Eso en sí también es alarmante. Mi padre toma de vez en cuando un poco de vino tinto con la comida, a veces whisky por la noche, cuando no está de guardia. Pero los golpes más fuertes vienen en los momentos en que está totalmente sobrio; en esas ocasiones es como si la furia explotara con más fuerza. El alcohol lo aletarga y aplaca. Está feo decirlo, pero en ocasiones desearía que fuera alcohólico. De ese modo la vida quizá sería diferente, un pelín mejor.

También se me ha pasado por la cabeza empezar a beber, pero no creo que eso solucione nada. Nunca he querido huir, no hasta que de repente me hundí en el abismo y acabé aquí, en el ala de Psiquiatría. Aquello sucedió muy rápido, sin verlo venir, y sólo espero que también me recupere igual de deprisa.

Lo que me parece casi lo peor, si he de ser completamente sincero, es no poder tener una comunicación sincera y afectuosa con mis padres. Mi padre se ha vuelto distante, como si se hubiera abierto una brecha entre los dos, una brecha que se ha ido agrandando con cada acto violento. Y mi madre no muestra reacción alguna, distante también a su manera, ya encerrada en su caparazón. Ya rendida.

CAPÍTULO 31

Los dos policías tomaron declaración a Elín en comisaría, una vez el médico hubo examinado las lesiones y le escayoló la muñeca. Por fortuna se había librado de someterse a una operación quirúrgica.

Para más inri, tenía una costilla fisurada, pero había poco que hacer al respecto. La lesión del hombro no era tan grave como ella había temido. Aun así, le dolía el cuerpo por todas partes y le dieron un fuerte analgésico para que lo tomara en casa. El médico había recomendado que se quedase ingresada en observación durante una noche, aunque ella se negó en redondo.

Todavía no había asimilado del todo que Valberg estuviese muerto, pero de un modo instintivo sentía que ahora ya se encontraba a salvo.

Por supuesto, en el fondo temía que los hechos tuvieran consecuencias, que posiblemente la acusaran de haber causado la muerte de un hombre. Y los policías le aconsejaron que se buscase un abogado. Eso no lo iba a hacer, al menos no enseguida. Ella era la víctima —eso estaba claro— y vio que ambos agentes eran conscientes de ello. La creían, *querían* creerla; había dicho la verdad en su mayor parte. Se mostraron educados, prudentes. Sin intentar tenderle una trampa. Y las lesiones también hablaban por sí solas. El muy hijo de puta estaba muerto y ella percibía que los tres —los dos agentes y ella misma— habían hecho un pacto tácito de dejar las cosas así.

Se le había pasado por la cabeza que tal vez la pondrían bajo arresto. Había matado a un hombre. Pero nadie mencionó ninguna detención. Ari Thór había sugerido que se quedase en el hospital durante la noche, pero de eso ni hablar. Se las podía arreglar sola, a pesar de todo; además, tenía buenos analgésicos. Por otro lado, no podía volver a su casa —prohibido en tanto que ahora era el escenario de un crimen—, así que la mejor opción era llamar a la puerta de Gunnar.

Gunnar, el hombre a quien de veras amaba, pero también el mismo que la había traicionado cuando más lo necesitaba. ¿Por qué diablos no había ido a verla esta noche? Ahora se iba a llevar una sorpresa: pasaría la noche con él, se lo contaría todo y lo vería torturarse arrepentido, porque podría haberla salvado. Y sí, quizá también podría haber salvado una vida humana.

—¿Elín? —Gunnar se quedó estupefacto al abrir la puerta—. ¿Qué… qué ha pasado?

Miró hacia el vehículo policial, que ya se alejaba.

—Valberg —dijo ella—. Valberg ha muerto. Ha forzado la entrada de mi casa, estaba esperándome dentro.

Le resumió lo sucedido y él la escuchó impactado, aunque guardando una cierta distancia.

—Probablemente sea mejor que te quedes aquí esta noche. Puedes dormir en mi cama. Yo me quedaré en el sofá.

Elín negó con la cabeza.

—Está bien. Yo puedo quedarme en el sofá. Tampoco es que cuente con dormir a pierna suelta esta noche.

—Qué tontería, tú estás herida y vas a estar de baja una temporada. Quédate en el dormitorio, así no te despertaré cuando me vaya por la mañana.

—Bueno, si insistes —dijo ella, sin fuerzas para discutir con él.

Dormir, sin embargo, no entraba en sus planes. No podía afrontar la idea de echarse y cerrar los ojos después de todo lo sucedido, aun cuando estaba completamente exhausta. Gunnar se quedó sentado con ella en el salón y hablaron, con la misma sinceridad que en ocasiones anteriores, como buenos amigos, pero nada más que eso.

Aun así, sentía que sólo era cuestión de tiempo que eso cambiara.

CAPÍTULO 32

Kristín estaba ya dormida cuando Ari Thór llegó a casa pasadas las diez y media, tras llevar a Elín en el coche patrulla al chalet de Gunnar. En parte se alegraba; la tensión que se había creado entre ambos se había hecho agobiante y ya tenía demasiados frentes abiertos.

El móvil rompió el silencio. A Ari Thór no le sonaba el número, pero la voz ronca de fumador que lo saludó le resultaba a la vez familiar y espeluznante:

—Ari Thór, amigo mío…

—¿Quién es? —preguntó él, aun cuando ya sabía la respuesta.

—Soy Addi.

—¿Qué quieres? —inquirió sin perder el tiempo con cortesías.

—Me preguntaba si puedes reunirte conmigo.

—¿Reunirme contigo? ¿Cuándo? ¿Por qué?

—Esta misma noche, por ejemplo. Puede que tenga información para vosotros.

—¿Esta noche? ¿Sabes qué hora es? ¿No me lo puedes contar por teléfono? —preguntó Ari Thór, impaciente.

—Tranquilo, chico, tranquilo. Es *bisnis*, ¿entiendes?

Sintió cómo el cansancio se hacía notar tras la jornada. Aun así, tenía curiosidad. No se fiaba de ese hombre, pero a lo mejor surgía algo interesante de esto, algo útil para la investigación. Tampoco quería que Addi se quedara con la impresión de que le tenía miedo, porque no era el caso, desde luego. Ni en broma iba a asustarse por un viejo que iba camino de los setenta años.

—Vale, de acuerdo. ¿Estás en casa? Yo me acerco.

No se le pasaba por la cabeza invitar a Addi a la suya. La sola idea era impensable.

—Bien. Aquí te espero.

—De acuerdo.

—Y Ari Thór…

—¿Sí?

—No te traigas a Tómas.

No había pensado hacerlo, pero se preguntó a qué venía semejante condición.

—¿Y por qué no?

—Quiero charlar contigo, no con mi primo. ¿De acuerdo?

—Salgo hacia allá —dijo él sin más antes de colgar.

Notó el pestazo a humo de cigarrillo antes de que Addi abriese la puerta.

—Entra —dijo éste, vestido con el mismo suéter de marino que la vez anterior.

Ari Thór siguió al dueño de la casa hasta el salón.

Casi había empezado a lamentarse de su propia decisión. Los viejos muebles resultaban agobiantes y, de algún modo, se sentía como si hubiese aterrizado en un pliegue temporal y se hubiese quedado atrapado allí, en el interior de una madriguera de conejo.

—Siéntate donde quieras —ordenó Addi mientras se acomodaba en la misma butaca vieja de color burdeos que ocupaba el día en que los dos policías habían ido a visitarlo.

—No me puedo quedar mucho rato. —Ari Thór prefirió mantenerse en pie—. ¿Qué querías contarme?

—Sí, por supuesto. La familia espera. Kristín y Stefnir.

—Déjalos al margen, ¿quieres? —dijo Ari Thór en tono enfadado.

—Tranquilo, tranquilo. Acabáis de detener a Elín Reyndal, ¿no es así?

—Me da la impresión de que estás más al cabo

de la calle que la mayoría. Estoy seguro de que puedes rellenar los huecos por ti mismo.

—Los rumores se extienden rápido en un lugar como éste, especialmente si conoces a alguien que trabaja en el hospital... Se dice que ha matado a un hombre, a un puto canalla que le estaba dando una buena tunda. ¡Bien por ella, digo yo, bien hecho! —El viejo sonrió de oreja a oreja.

—¿Me has hecho venir para escuchar cotilleos?

Ari Thór no era un hombre paciente por naturaleza y ahora había llegado al límite.

—No quería decírtelo por teléfono, pero quería hablar contigo para llegar a un acuerdo.

—¿Un acuerdo? ¿Qué clase de trato crees que puedo hacer contigo? ¿O que *quiero* hacer contigo?

—Tengo información y tú puedes hacerme un favor. —El viejo carraspeó y volvió a sonreír—. Más que nada, quiero ayudaros a encontrar al que mató a Herjólfur. No está bien ir disparando a los polis, eso es terreno pantanoso para todos.

—¿Y qué es lo que sabes?

—Primero hablemos de nuestro trato.

—Tú y yo no vamos a llegar a ningún acuerdo.

—Calma, calma. Tan sólo busco un pacto entre caballeros. —Le ofreció la manaza—. ¿Entiendes?

Ari Thór ignoró la mano tendida.

—¿Qué es lo que quieres, Addi?

—Quiero que nos dejéis en paz.

—¿A quién? ¿Qué significa eso?

—Significa que mis colegas y yo podemos seguir adelante con nuestro discreto negocio. Nada grande, nada de violencia ni contrabando, sólo un poco de *bisnis*. Y tú miras para otro lado…

—¿Discreto negocio? ¿Qué negocio, exactamente?

—No te hagas el tonto. Lo sabes de sobra.

—¿Estás mal de la cabeza? —Ari Thór intentó controlarse, furioso porque ese hombre le estuviera pidiendo que traicionara sus principios, además de quebrantar la ley.

—Seguro que tú serás el sustituto de Herjólfur ahora que la ha diñado. Tómas se volverá al sur, esto no es asunto suyo. Para nada. Pero nosotros, tú y yo, tenemos que poder convivir en paz y armonía aquí. Yo no voy a estorbarte si lo puedo evitar.

Ari Thór se sentó en silencio.

—Sólo piénsatelo; la oferta está sobre la mesa. Todos ganamos: tú tal vez resuelvas el asesinato de Herjólfur y a mis amigos no les molestará demasiado la policía.

—¿Y qué pasa con esa información? ¿Sabes quién disparó a Herjólfur?

—¿Te lo vas a pensar?

Ari Thór vaciló. Sabía que era un acuerdo que nunca jamás podría cumplir. No podría ni mirar a la cara a Kristín ni a su hijo y mucho menos a sí mismo, si se le ocurría retorcer, no, *romper*, las reglas de esa manera. Por otro lado, no pasaba nada por dar a entender que se lo estaba pensando si eso hacía avanzar un poco la investigación sobre la muerte del comisario. Tenía la responsabilidad de resolver el asesinato del comisario: se lo debía. Addi, además, había mencionado a Elín. ¿Tenía acaso información sobre ella?

—Venga. ¿Vas a pensártelo? —repitió Addi, con su voz oxidada, encendiendo otro cigarrillo y tosiendo; el humo se fue directo al techo.

Ari Thór asintió con la cabeza y al instante se dio cuenta de cómo le asqueaba la idea de someterse a semejantes condiciones, a hacer un pacto con el diablo.

—No pido más —dijo Addi en tono quedo—. ¿Habéis soltado a la chica?

—¿A Elín?

—Sí, a Elín.

—Sí, la hemos soltado. ¿Qué importancia tiene?

—Ninguna… —Otra vez arrastró la palabra—. Ninguna… Sólo que entonces tenéis que volver a buscarla.

—¿Ah, sí?

—Tengo entendido que compraba de vez en cuando.

—¿Drogas? ¿A ti?

Addi soltó su peculiar risa chirriante.

—Ari Thór, amigo mío, yo no vendo drogas. Sólo soy un viejo que vive de su pensión. Estamos de acuerdo en eso, ¿verdad? —Alzó la voz y volvió a tender la mano.

Ari Thór se quedó inmóvil, notaba que estaba empezando a sudar.

—Quien calla otorga —farfulló Addi y retiró la mano.

Más que nada, a Ari Thór le recordaba a un niño rebelde.

—¿Qué más sabes sobre Elín? —preguntó, clavando los ojos en el dueño de la casa.

—No voy a mencionar ningún nombre, ¿entiendes?

Ari Thór asintió con la cabeza.

—Es un soplo anónimo, ¿comprendes?

—Anónimo —acordó Ari Thór.

—A veces compraba pastillas de las que recetan los médicos.

—¿Qué clase de pastillas?

—Analgésicos fuertes, pastillas que no te venden en las farmacias sin receta.

—¿Y crees que eso tiene algo que ver con el disparo a Herjólfur?

—¿Podría ser, no? —dijo Addi con pereza.

—¿«Podría ser»? ¿Sabes algo de eso?

—Sólo que a veces iba a buscar envíos a esa casa, ya sabes, donde le pegaron el tiro a Herjólfur.

CAPÍTULO 33

A pesar de que ya era muy tarde por la noche, Ari Thór se puso en contacto con Tómas en cuanto salió de casa de Addi. Le relató por encima lo principal de lo que habían hablado, sin mencionar para nada las condiciones que el otro había puesto a cambio de la información.

Ciertamente, tenía ganas de preguntarle a Tómas si él y su primo Addi habían llegado alguna vez a un acuerdo semejante, pero sabía que nunca le plantearía esta duda, ya que Tómas jamás la contestaría.

Hablaron de cómo reaccionar ante estos nuevos datos. ¿Se podía dar, en general, crédito a Addi? Tómas parecía opinar que sí. Aun así, ambos estaban de acuerdo en que sería difícil mantener oculto el nombre del informante. Todo esto al menos les daba un motivo de peso para volver a hablar más detenidamente con Elín. La única cuestión era si aquello podía esperar hasta por la mañana.

Optaron por ponerse en marcha enseguida. Fue Tómas quien tomó esta decisión; Ari Thór no puso objeciones, aunque habría preferido dejar descansar a Elín hasta el día siguiente, tras el terrible calvario que había tenido que pasar.

Salieron rumbo a la casa de Gunnar. A Ari Thór le había sorprendido que Elín quisiera alojarse allí, pero ella había dicho que tenía que estar con alguien cercano, hablar de los sucesos de la noche, tranquilizarse. No parecía preocuparle demasiado que eso pudiera dar pie a las malas lenguas.

—Todo esto es un mito —dijo Tómas de repente, mientras iban en el coche.

Fuera se había levantado aire y se preveían vientos fuertes al principio de la noche. Eso no era nada raro; aquí se podía esperar cualquier meteorología en esta época del año; en realidad, en cualquier época del año. Soplaba del norte y eso quería decir que hacía frío, un frío tremendo. Las bajas temperaturas se abrían camino incluso dentro del sólido jeep patrulla. Ari Thór se estremeció y se apretó un pañuelo en el cuello, mientras enterraba las manos en los bolsillos.

Ari Thór arqueó una ceja hacia Tómas.

—Un mito —repitió éste—. Eso de que vivimos en un país sin armas, de que aquí no hay violencia. —Se mostró inusualmente ceñudo—. Aquí hay demasiadas armas de fuego, de sobra. He oído los números en las noticias, aunque tampoco necesitaba que me lo contaran. Casi la mitad de la gente que conozco tiene licencia de armas. Y luego lo consideran un país pacífico. Dicen que en Islandia no existe la violencia. Menuda gilipollez. Sí, sí, aquí todo es paz en apariencia, pero de puertas adentro es otro cantar. Hay mucha violencia doméstica, aunque es un secreto incómodo; algo de lo que no se quiere hablar.

Habían llegado hasta la casa de Gunnar.

Consciente de que su exjefe le daba vueltas a algo en la cabeza, Ari Thór pensó que lo mejor era seguir callado y dejarle hablar. Tómas apagó el motor del coche y continuó:

—Y ese canalla que ha recibido su merecido esta tarde-noche… Sí, sí, sé que no se debe hablar así, pero estoy cansado y enfadado, Ari Thór, tengo que admitirlo. Al ver cómo había puesto a esa mujer, me cabreé de lo lindo. —Hizo una breve pausa para tomar aire—. Tal vez ese cabrón era un desgraciado… sabe Dios. Pero te aseguro una cosa, Ari Thór, sí, te aseguro que esa lamentable tendencia a la violencia no sólo anida en los desgraciados, sino también en hombres aparentemente intachables: padres de familia que ocupan puestos de responsabilidad, ciudadanos ejemplares en todos los ámbitos, salvo que disfrutan pegando a mujeres y niños. Y esto lo sé. Lo he visto con mis propios ojos más veces de las que me gustaría.

El reloj del salpicadero marcaba casi la una. Ari Thór estaba exhausto y, por mucho que compartiera la ira de Tómas, necesitaba descansar y ansiaba dormir.

—¿No deberíamos esperar a mañana, Tómas? Ha sido un día largo para ella, y también para todos nosotros. Seguramente estarán los dos dormidos —dijo, a pesar de que dentro había luces encendidas.

Le vino a la memoria la advertencia del concejal Ottó: a lo mejor no era muy oportuno continuar persiguiendo al alcalde y la teniente de alcalde noche y día.

Pero Tómas no dio su brazo a torcer.

—Estamos investigando un caso de asesinato. Y no un caso cualquiera: alguien mató a un policía de un tiro. No lo pierdas de vista en ningún momento. Si tenemos que perturbar el sueño de la gente, pues que así sea. El caso tiene prioridad... Herjólfur tiene prioridad.

Salieron a la noche, al gélido viento del norte, lo bastante fuerte para que las luces de la calle se balancearan. La oscuridad era abrumadora mientras Ari Thór luchaba contra las ráfagas. Casi ansiaba que llegaran los días de nieve invernal, incluso aunque a veces seguía sintiendo claustrofobia en los peores momentos de las nevadas. Tómas llamó a la puerta y no tuvieron que esperar casi. El alcalde Gunnar acudió a abrir vestido de pies a cabeza, completamente despierto, con cara de pocos amigos.

—¿Y ahora qué?

—Tenemos que hablar un segundo con Elín. Sigue aquí, ¿verdad?

—Sí, por supuesto que está aquí. ¿El asunto no puede esperar? Son conscientes de que no está en las mejores condiciones para recibir a nadie ahora.

—¿Podemos pasar un minuto? —preguntó Tómas, educado pero firme.

Gunnar dudó un instante antes de contestar:

—Un minuto, sí.

Elín estaba sentada en el salón con una taza de café en la mano. Los miró con aspecto cansado y mirada vacía, pero sin decir nada.

Tómas miró de reojo a Ari Thór, que se imaginó lo que estaba pensando. ¿Debían hablar con Elín allí o llevarla a comisaría en plena noche?

—¿Podemos hablar con tranquilidad? —preguntó Tómas, mirando primero a Elín y luego de pasada a Gunnar.

Elín contestó, sorprendentemente serena, habida cuenta de la situación:

—Podemos quedarnos aquí en el salón. Quiero que Gunnar lo oiga.

—Ése no es el procedimiento habitual. —Tómas se mostró indeciso—. Pero, bueno, como quiera.

Soltó un bufido.

Ari Thór reparó en que Gunnar no se sentó al lado de Elín, sino a bastante distancia de ella, como para subrayar que no eran tan íntimos como algunos suponían.

Durante un rato nadie dijo nada. Tómas, evidentemente, no iba a tomar las riendas de la situación. Ari Thór era quien había recibido la información que era motivo de la visita; de ahí que éste debiera dirigir el interrogatorio.

Al final Ari Thór tomó la iniciativa. Mejor acabar con esto cuanto antes. Se sentía mal allí dentro: un intruso en un hogar ajeno en plena madrugada.

—Tengo… tenemos testigos que indican que ha estado en contacto con un traficante de drogas, Elín, precisamente en la casa donde dispararon a Herjólfur.

Fue como si hubieran lanzado una bomba dentro del salón. Elín se quedó de piedra, su cara denotaba tanta sorpresa como temor. Gunnar también estaba anonadado, incluso él mismo un poco asustado, fuera por lo que fuera. Tal vez albergaba sentimientos más fuertes hacia Elín de lo que quería admitir.

Al final ella tomó la palabra, tartamudeando:

—Yo… creía que me iba a preguntar sobre Valberg… sobre esta noche. Yo, esto…, no sé si…

Ari Thór esperaba más bien que Gunnar se pusiera de pie para intervenir, abroncarlos y echarlos de casa, pero el alcalde se quedó pegado a su asiento y no dijo nada.

El policía habría preferido ahorrarle a la pobre mujer estas preguntas incómodas, pero su reacción indicaba que ir hasta allí había valido la pena. Tal vez estaban dando un paso más hacia la solución del dilema. ¿Habían encontrado a la agresora? ¿Era posible que Elín hubiese asesinado a Herjólfur?

—¿Lo admite? ¿Admite que compró droga ahí a las afueras?

No hubo respuesta. Parecía conmocionada. No era que intentase evitar contestar.

—Es mejor ser sincero desde el principio —continuó Ari Thór con mayor amabilidad—. Esto no tiene buena pinta y mentir sólo empeora las cosas, Elín.

—Lo siento, no he mentido en nada... —dijo ella por fin—. No eran drogas... no drogas drogas... Y yo no estoy para nada metida en eso. No creeréis que yo disparé a ese policía, ¿verdad? No tengo nada que ver. —Hablaba rápido, con la voz disonante, y parecía atemorizada.

—¿Drogas no? ¿Entonces qué era? —preguntó Ari Thór, pese a saber la respuesta.

—Sólo eran analgésicos. ¡Sólo unos malditos analgésicos! —Hundió la cara en las manos. Luego alzó el rostro, bañado en lágrimas—. Lo siento... Es que no me he recuperado por completo de todo lo que ha pasado esta noche... ¿Podemos hablar mañana?

—Tenemos que aclarar esto ahora y probablemente sería mejor que nos acompañara a comisaría.

—¡No! ¡No! No puedo… Ahora no —gritó.

—¿Qué cantidad compró? ¿Con qué frecuencia? ¿Por qué?

Elín negó con la cabeza, sin decir palabra.

—¿Lleva mucho tiempo enganchada a las pastillas?

Volvió a negar con la cabeza para farfullar acto seguido:

—No estoy… No… no quiero hablar de eso.

—¿Herjólfur le estaba investigando?

No contestó.

—¿Ya lo había descubierto? —preguntó Ari Thór.

Echó una mirada al alcalde, que no parecía saber dónde meterse, qué decir, si debía intervenir… Aguardó alguna reacción suya —gritos, alaridos, insultos— y, cuando éstos no llegaron, el policía cambió de estrategia:

—¿Se vio obligada a pegarle un tiro? —Clavó una fría mirada en Elín, sin perder la calma.

La mujer comenzó a lloriquear. Parecía al borde de un ataque de nervios. Ari Thór miró a Tómas, quien se encogió de hombros, con cara de lavarse las manos esta vez, aun cuando la iniciativa de la visita había venido de él.

—¿Se vio obligada…? —repitió Ari Thór, pero Elín lo interrumpió.

—¡Yo no hice nada! ¡Yo no lo maté!

—Creo que lo mejor es que nos bajemos a comisaría.

—No… No quiero… Yo no hice nada…

Gunnar abrió la boca por fin, con más serenidad de la que Ari Thór habría esperado. Se levantó.

—Ya está bien, no aguanta más —dijo—. Yo se lo explicaré. Les voy a contar la verdad. Pero se acabó por ahora: déjenla descansar.

Durante un instante, Ari Thór creyó que Gunnar iba a confesar el asesinato.

—Lo único que pido es que sean indulgentes conmigo, indulgentes con nosotros, en la medida de lo posible. Por supuesto, ninguno de los dos ha matado a Herjólfur. Confío en que no se lo hayan planteado en serio, pero lo mejor es que quede claro. —Comenzó a pasear de un lado a otro por el salón mientras hablaba—. Me temo que no hemos sido completamente sinceros y la culpa es sólo mía. —El alcalde suspiró para continuar tras una breve pausa—: Es cierto que, en algunas ocasiones, que se pueden contar con los dedos de una mano, Elín ha comprado analgésicos a través de, digamos, canales no convencionales. Y eso lo ha hecho por mí.

—¿Por usted? —se sorprendió Ari Thór.

—Me enfrento a ciertos problemas en ese sentido, nada grave, pero necesito tener esos medicamentos a mano. Poder recurrir a ellos para funcionar como es debido, sobre todo cuando hay mucho en juego. Y he tenido que lidiar con una tensión considerable durante los primeros meses en mi nuevo puesto. Sé que no es el municipio más grande de Islandia, pero este cargo es difícil para mí; hay mucha presión para dar la talla. Y creo que lo he logrado… que he dado la talla, quiero decir. Hasta ahora.

Gunnar se detuvo en medio del salón.

—¿Y usted envió a Elín allí, a aquella casa, a comprar su droga?

—No lo llamaría droga… No soy ningún drogadicto… Sólo soy un hombre intentando enfrentarse a la vida en un trabajo nuevo, posiblemente a punto de perder a mi familia… Esto no es fácil. No he enviado a nadie a ninguna parte. Sólo pregunté a Elín si podía echarme una mano. Andaba bastante bien antes de mudarme aquí, pero me di cuenta de que tal vez todo esto me venía demasiado grande sin medicación. A veces los médicos me han recetado algo, pero por lo general no son medicinas lo bastante fuertes, y ya casi se me habían agotado las reservas. No se puede estar siempre pidiendo analgésicos cada vez más potentes. Esto… no sabía a quién recurrir y, como es lógico, no podía correr demasiado riesgo en persona… un alcalde recién contratado. Una cara conocida, por así decirlo…

Ari Thór miró a Elín, quien asintió con la cabeza.

—Es verdad —dijo ella a media voz—. Gunnar me pidió ayuda y yo lo solucioné. Como siempre.

—¿Y Herjólfur estaba investigando? —inquirió Ari Thór—. ¿Por eso le llamó, Gunnar? ¿Ya había atado cabos?

—¿Eh? Esto… no, no, al contrario. —Gunnar se tomó un mínimo respiro, echó un ojo a Elín y luego prosiguió—: Me llamó para decirme que había visto a Elín por allí, que la tenía bajo sospecha de adquirir estupefacientes, incluso de algo más. Ni se le había pasado por la cabeza que estuviera allí por mí.

—¿Y cómo reaccionaron? ¿Lo mataron antes de que se acercase demasiado a la verdad?

—¿Cómo? ¿Está loco? Por supuesto que no, ya se lo he dicho. Somos personas normales y corrientes, quizá en circunstancias poco habituales. La gente normal no mata a otra gente. —Hizo una pausa y miró un instante a Elín, consciente de la ironía de sus palabras. Se encogió de hombros y continuó—: Supongo que Herjólfur tenía a otros en el punto de mira aparte de Elín, peces más gordos, tiburones… Hombres que tienen mucho que perder y recurren a la violencia a diario… Admito que les mentí para salvar mi pellejo, claro, pero intenten ponerse en mi situación. ¿No habrían tratado de mantenerlo oculto?

Peces más gordos. Tiburones. A Ari Thór se le fue el pensamiento a Addi.

—¿Nos puede acompañar, Gunnar? —intervino al fin Tómas.

Éste hizo un gesto afirmativo, con aspecto cansado. Luego la miró a ella:

—Elín, quédese aquí mientras tanto. A lo mejor puede probar a echarse.

—Le tomaremos declaración a ella mañana. Empezaremos por usted ahora —dijo Tómas.

—¿Y luego qué? ¿Esto va derecho a la prensa? ¿Van… a acusarme de algo?

—Eso ya se verá, Gunnar. Eso ya se verá. —Tómas también parecía exhausto—. Son otros los que deciden eso, pero le aseguro que nosotros no informamos a la prensa de los pormenores de la investigación. Eso queda descartado.

Ari Thór llevaba suficiente tiempo viviendo en Siglufjördur para saber qué cosas no tardarían en conocerse en el pueblo. Quizá Gunnar tuviera que dimitir. Aunque a lo mejor conseguía jugar la partida con acierto: se arrepentía, hacía propósito de enmienda y se ganaba el perdón de los islandeses de pro. En la pequeña Islandia el público perdonaba rápido, olvidaba rápido.

Hoy he salido fuera. Era un frío día de verano: el sol escondido detrás de las nubes. Siempre está encapotado últimamente.

Esta noche he soñado con que tocaba el piano: Canción de cuna *de Brahms. Llevo sin tocarla desde que era adolescente, cuando dejé de estudiar piano. No estoy seguro de si he escuchado la canción en el sueño o no, probablemente no, pero me la sé de memoria. Y al despertarme seguía sonando en mi cabeza, donde se me ha quedado instalada. Una auténtica fiesta, vamos: tener una canción de cuna metida la cabeza todo el santo día.*

Hoy por fin me ha visto el médico. Me ha quitado esa maldita medicación y va a replanteárselo todo de nuevo.

No se puede seguir con esto así, ha dicho. Y luego ha añadido que tengo un aspecto horrible. ¡No sabía que los doctores debían mostrarse tan sinceros! Por supuesto, tenía razón; sólo que yo no me había dado cuenta de lo mal que me había puesto. Espero que el aire fresco me siente bien.

Pero una cosa me ha parecido rara. No ha reconocido que le hubiese llegado ninguna solicitud para verme, no hasta hoy. Debí de entender mal a Ása en algo. ¿No había pedido una y otra vez hora con él en mi nombre? Algo pasa y necesito saber qué es.

CAPÍTULO 34

A la mañana siguiente, los periódicos destacaban como noticia principal esa segunda muerte en Siglufjördur, aunque mostraban moderación en sus descripciones y se cuidaban de no mencionar nombres: una tragedia, pero ningún misterio, en palabras de uno de los expertos. Con todo, un medio digital se había distanciado de los demás y había publicado un notición que pilló a Ari Thór —y, visto lo visto, también a Tómas— desprevenido: aseguraba que Herjólfur había sido investigado por un caso de corrupción dentro de la policía hacía diez años, cuando algunos agentes habían estado bajo sospecha por haber recibido sobornos de un traficante de drogas. No se pudo demostrar nada y el caso fue archivado. Ari Thór sintió un pellizco en el estómago por la noticia; no por Herjólfur, sino porque él mismo había estado en la cuerda floja la noche anterior al verse con Addi.

Debía cortar esa relación cuanto antes, eliminar cualquier sombra de duda. Si Addi consideraba que había llegado a algún acuerdo con él, más valía corregir ese malentendido de inmediato.

—Esto apesta, muchacho, apesta —dijo Tómas tras leer la noticia sobre Herjólfur—. Nos coloca en una situación complicada. Necesitamos a la opinión pública de nuestra parte. La gente espera que los policías sean honestos guardianes de la ley y el orden, amigos y protectores. Por supuesto, siempre habrá manzanas podridas, como en todos los grupos, pero deseo de corazón que Herjólfur no tuviese ese peso sobre su conciencia.

—¿Es posible…? —Ari Thór titubeó antes de terminar la frase—. ¿Es posible que Herjólfur estuviera involucrado en algo por el estilo, aquí?

—La verdad es que se me ha pasado por la cabeza —contestó Tómas, pensativo—. No lo puedo negar. Tal vez detrás del disparo haya algo más de lo que querríamos llegar a saber.

—¿Qué insinúas? Por supuesto que queremos llegar a saberlo. —Ari Thór alzó la voz sin querer.

—¿Eso crees? —La mirada de Tómas se hizo distante—. A menudo, es mejor dejar la verdad silenciada. La gente necesita poder confiar en las fuerzas del orden.

Ari Thór apenas daba crédito a sus oídos. ¿En serio su amigo pensaba eso?

—Llegaremos al fondo de este caso, Tómas, nos lleve adonde nos lleve.

—Sí, sí... Imagino que sí. Sólo esperemos que podamos vivir con la conclusión.

—¿Puedes confirmar eso? ¿Esas alegaciones de corrupción? —preguntó Ari Thór—. ¿Consultarlo con tu gente en Reikiavik?

—Supongo.

Estaban sentados en la comisaría, ya era casi mediodía. Habían tomado declaración a Gunnar durante la madrugada y a Elín a primera hora de la mañana. Ambos eran formalmente sospechosos en el caso Herjólfur, aunque nada en especial apuntaba a que fueran culpables. Los dos aseguraron haber estado solos en su casa la noche de autos, dormidos. Una explicación verosímil, pero que no les proporcionaba ninguna coartada.

El acoso de la prensa iba en aumento y el pueblo estaba llenándose de periodistas. Para la época del año que era, las condiciones de transitabilidad de las carreteras eran aceptables y muchos se acercaban al norte en coche. El tráfico por Siglufjördur se había incrementado; los habitantes de las comarcas vecinas se daban cita en el pueblo del arenque, tal vez para satisfacer su comprensible curiosidad.

Ari Thór apenas había logrado ver a Kristín en más de veinticuatro horas. Ella se había ido a trabajar a primera hora de la mañana, después de llevar al niño a la niñera; estaría de guardia hasta bien entrada la noche. La niñera tenía que librar a las cuatro, pero se las podía arreglar para cuidar del peque después de la cena.

Ari Thór había recibido un recado de Jódís, la anciana que conocía la historia de la casa. Quería verlo y le pedía que fuera a visitarla. Decía que tenía que contarle algo importante. Difícilmente podría darle prioridad a eso, pero pensó que a lo mejor estaría bien aprovechar mientras cuidaba del pequeño Stefnir, a partir de las cuatro, para acercarse a la casa de Jódís a tomar un café. Todavía se agarraba a la esperanza de que en esos viejos secretos se ocultaban algunas respuestas sobre la muerte de Herjólfur.

—¿No deberíamos llamar a Addi a un interrogatorio? —preguntó Ari Thór.

—¿A Addi? ¿Por qué? —Tómas parecía sorprendido.

Ari Thór vaciló.

—Bueno, esta noticia sobre Herjólfur a lo mejor nos da motivo para comprobar si está involucrado en algo turbio aquí en el norte.

—No podemos dejar que unas habladurías dirijan la investigación —contestó Tómas con firmeza.

Ari Thór sabía que, por desgracia, tenía razón. Aun así, hizo otro intento, abordando el tema desde otra perspectiva, más cerca del objetivo que tenía en mente:

—Fue él quien nos dio el soplo sobre Elín, Tómas. Está claro que anda metido hasta las cejas en ese chanchullo. Casi ni intentó ocultarlo cuando hablamos anoche. Tiene que saber algo más.

Ahora le tocó el turno a Tómas.

—No seré yo quien ponga eso en duda, pero ¿serviría de algo? Hasta donde yo sé, ha sido de mucha ayuda. El soplo sobre Elín, por ejemplo, resultó cierto.

—Hagámoslo de todos modos —insistió Ari Thór—. No podemos dejarle creer que tiene un trato de favor por nuestra parte.

—Bueno, haz lo que quieras. Llámalo.

—Creo que es más efectivo ir a buscarlo.

Tómas negó con la cabeza, pero no dijo nada.

Addi se encontraba sentado delante de los dos policías en la comisaría, seguro de sí mismo, aunque dejando claro su descontento porque le hubieran llevado allí en público. No sólo sentía descontento, sino directamente enfado. No decía nada por voluntad propia y únicamente contestaba con monosílabos o el silencio a las preguntas que se le formulaban.

—¿Cabe dentro de lo posible que Herjólfur estuviera implicado en el tráfico de drogas en el pueblo? —preguntó Ari Thór.

Addi se encogió de hombros.

El policía reiteró la pregunta:

—¿Sabes algo al respecto? ¿Podría ser?

Addi volvió a encogerse de hombros.

—¿Cuál es tu participación en la venta de drogas en la casa donde le pegaron un tiro?

Addi no contestó.

La paciencia de Ari Thór se agotaba; ya tenía la mecha corta tras las jornadas tan largas, el poco descanso y los problemas en casa.

—¿No nos vas a contestar?

Addi se enderezó en la silla, alzó el mentón y dijo con su habitual voz ronca:

—No puedo creerme que me hayáis arrastrado aquí como un criminal cualquiera. He cumplido todas mis putas condenas, ¿sabéis? No he hecho nada, y mucho menos tengo algo que ver con ese disparo. Puede que tenga antecedentes, pero no soy un hombre violento. Tómas, tú lo sabes, ¿verdad?

Tómas pareció ignorar la pregunta, pero la cara que ponía daba a entender que secundaba las palabras de Addi. Éste continuó:

—Además, para colmo, os he echado una mano. He corrido un riesgo personal ayudando a la bofia. ¿Y cómo me lo pagáis, eh? ¡Deteniéndome! Sin tener nada contra mí. Ni una mierda, ¿verdad?

—Addi, tranquilo, amigo. Nadie te ha detenido —dijo Tómas.

—Os digo que me han arrestado varias veces y conozco perfectamente el procedimiento —replicó Addi, quien ahora se mostraba algo más calmado, aunque era obvio que no se le había pasado el enfado del todo—. Yo no olvido tan fácilmente semejante trato —añadió en voz baja.

A Ari Thór se le heló la sangre en las venas cuando Addi lo miró a través de la sala de interrogatorios. El viejo no parpadeó y le clavó la vista, dejando claro sin decir una palabra que volverían a encontrarse y la siguiente vez Addi lo haría mejor.

CAPÍTULO 35

Se notaba a la legua que a Jódís le encantaba tener visitas. Una mesa puesta esperaba a Ari Thór y al pequeño Stefnir: mantel blanco y el juego de tazas de los domingos, conjeturó el policía. El café acompañado de repostería de primera: tarta de capas de mermelada de ruibarbo, rosquillas y crepes servidas enrolladas y azucaradas. Probablemente todo casero, nada de comprar pastelería ya hecha.

—Qué maravilla recibir a un visitante tan inesperado —dijo la mujer al ver a Stefnir. Ari Thór no había mencionado que iban a ir los dos, padre e hijo—. Tengo que admitir que aquí hace tiempo que no viene mucha gente. La mayor parte de mis amigos se han ido. Ahora sólo tengo conocidos, como los que viste en la buhardilla de la iglesia.

Ari Thór estaba de pie en el salón, con su hijo en brazos. Jódís vivía en la planta superior de una pequeña casa de vecinos, probablemente de los años cincuenta. Su piso no era grande. A decir verdad, él esperaba que ella viviera en una de las viejas casas unifamiliares, quizá en una construida por sus padres o, incluso, por la generación de sus abuelos. Ella era nativa de Siglufjördur de pura cepa, de muchas generaciones, en palabras de Tómas.

—Por Dios, siéntate —dijo medio avergonzada—. No pretendía hacerte estar de pie todo el tiempo. Vaya charlatanería la mía.

—No pasa nada. —Ari Thór tomó asiento a la mesa del salón—. Esto es magnífico. Espero que no hayas preparado todo esto sólo para nosotros.

—Bueno, bueno, siempre estoy horneando pasteles. Es una de las cosas que todavía puedo hacer. Muchas veces le llevo pasteles al reverendo para desayunar. Ya me cuesta leer salvo poquita cosa seguida, pero cuando hago pasteles no necesito leer nada; me sé estas recetas de memoria.

—¿Por casualidad no tendrías una trona para el niño? —preguntó Ari Thór, mirando alrededor, consciente de que probablemente no valía la pena ni decirlo.

—Por desgracia no, lo siento. Nunca me casé y no tengo hijos. Mi hermano Jónmundur, que en paz descanse, tuvo un hijo, pero hace tiempo que se hizo mayor y se mudó al sur, y nunca viene de visita con sus críos. Aquí no han entrado niños desde hace años y años.

—No pasa nada —replicó Ari Thór—. Lo tendré en brazos. —Por fortuna, Stefnir solía quedarse tranquilo en el regazo de su padre—. Espero que mis preguntas del otro día no te alteraran y despertasen malos recuerdos.

—Por favor, sírvete —dijo ella en lugar de contestar.

En la mesa había un tetrabrik de leche abierto. Ari Thór se sirvió leche en su vaso y cogió un trozo de pastel.

—Me temo que voy a ser de poca ayuda en lo del pobre Herjólfur —dijo agarrando una rosquilla, a la que dio un mínimo mordisco—. No sé quién le pudo disparar. Y no creo que Baldur haya vuelto de entre los muertos para matar a un policía.

—A mí también me parece poco probable —contestó Ari Thór.

El pastel estaba rico, había que darle crédito a la mujer.

—¿Qué tal va en Siglufjördur? —preguntó Jódís—. Te mudaste aquí hace algunos años, si mal no recuerdo.

Estaba claro que los policías eran personajes públicos en este pueblecito.

Ari Thór contestó y, tras unas cuantas preguntas más en la misma línea —preguntas educadas, respuestas educadas—, comenzaba a temer que quizá sólo lo había invitado para tener compañía. Empezaba a inquietarse al pasar el tiempo y Jódís pareció darse cuenta.

—Imagino que ya te estarás preguntando por qué te he invitado a venir —dijo.

De modo que sí había algo detrás de la invitación, al fin y al cabo.

—Bueno… —Ari Thór habló con la boca llena de pastel de capas.

Jódís se quedó callada y aguardó, a la espera del momento propicio.

El agente miró alrededor, observando el saloncito. Era un hogar sencillo, con pocos adornos y los muebles cotidianos. Nada de elegantes reliquias de familia de valor incalculable ni de óleos en las paredes. Una sola fotografía a la vista sobre un aparador cerca de la mesa: una foto en blanco y negro de un joven, con el pelo peinado hacia atrás y vestido de traje.

Ari Thór rompió el silencio.

—¿Es ése tu hermano? ¿Jónmundur?

—No —repuso ella con modestia—. No es él.

Otra vez silencio.

—Es Börkur… Era Börkur.

—Uno de los gemelos.

—Sí.

Ari Thór se quedó bastante sorprendido. ¿Por qué tenía a la vista una foto de Börkur?

—Ése es el que vivió más tiempo, ¿verdad? —dudó Ari Thór.

—Sí, vivió más —contestó ella—. Pero sólo era medio hombre tras la muerte de su hermano, y a veces apenas eso.

—¿Mató él a su hermano? —preguntó el policía sin preámbulos.

—No, no lo hizo. —Jódís calló unos segundos, antes de añadir—: Estábamos enamorados.

—¿Börkur y tú?

—Sí, justo. Börkur y yo.

—Pero ¿no vivió siempre solo?

—Vivió solo, sí. Lo nuestro nunca llegó a buen puerto; todo cambió al morir Baldur. —La voz denotaba derrota, añoranza por las oportunidades perdidas—. Guardé siempre esa foto de Börkur y la hice enmarcar hace unos años. A veces se queda en el armario, una no siempre quiere estar pensando en el pasado. Pero hoy está aquí a la vista, la he buscado, ya que ibas a venir de visita. Por supuesto, resulta doloroso rememorar aquello, pero creo que me vendrá bien. Es hora de que la verdad salga a la luz tras todos esos años —agregó—. Creo que me servirá de cierto alivio contarlo; y encima tú eres un policía, un hombre tremendamente joven, un representante de la ley. Así que mejor imposible.

—¿Y cuál es la verdad? —Ari Thór intentaba ocultar su curiosidad lo mejor que podía.

—La verdad, hijo, es que tengo algo que confesar. Confieso que soy responsable de la muerte de un hombre…

Desde luego, esto no lo había esperado Ari Thór.

—¿Responsable de la muerte de Baldur? —preguntó él, eligiendo las palabras con esmero. No había hablado de asesinato y él tampoco lo iba a hacer. Había algo más detrás.

—Sí, hijo. Correcto.

—¿Lo empujaste por el balcón?

—No fue tan sencillo como eso —replicó e hizo una breve pausa en su discurso—. ¿Sabes una cosa? Me alegro mucho de no tener que seguir cargando con eso yo sola. He guardado este secreto demasiado tiempo. Hay un cierto alivio en confesar, venga lo que venga luego.

—¿Qué pasó?

—Intentó engañarme… —dijo—. En la penumbra.

—¿Engañarte?

—Baldur me llamó haciéndose pasar por Börkur y me invitó a visitarlo. Sabía que Börkur y yo nos estábamos tirando los tejos. Me presenté, una noche ya tarde… Él estaba en la planta de arriba, en el balcón. Me dejé engañar un momento, en la penumbra, como he dicho, creyendo que Baldur era Börkur. Fue a finales del verano, el otoño estaba a las puertas. Hacía buena temperatura fuera, pero ya estaba oscureciendo. Luego caí en la cuenta de lo que estaba pasando y me defendí con uñas y dientes. Aun así, él no me iba a soltar. De algún modo saqué fuerzas de donde no tenía, no sé explicarlo mejor, y conseguí zafarme de él: lo aparté de un empujón. Y… —La voz se quebró, las palabras se desvanecieron, pero tampoco hizo falta que dijese nada más.

—Y Börkur y tu hermano, ¿por qué no intervinieron? —preguntó Ari Thór tras un breve silencio.

—Ni Börkur ni Jónmundur estaban allí.

—¿Cómo? ¿Eso no sucedió en una fiesta que habían organizado ellos? ¿He entendido algo mal? Pensaba que los tres estaban allí…

—Sí, ésa fue nuestra historia, hijo. La historia que inventamos, que inventaron ellos: que Baldur falleció al caerse. Iba a entregarme a la policía, pero antes fui a ver a mi hermano porque no podía hacerlo yo sola. Él buscó a Börkur y los dos se negaron en redondo a que eso… a que Baldur arruinara mi vida. Los tres sabíamos de sobra que Baldur no era como Börkur. Tenía un alma más oscura. Los hermanos, los gemelos, eran en realidad la noche y el día, aun cuando por fuera resultaban idénticos. Creo que Börkur nunca lloró la muerte de su hermano, aunque lo echaba de menos. Y, claro, Börkur y yo nunca pudimos volver a estar juntos después de aquellos sucesos. La mentira nos unía y, a la vez, nos separaba. —Suspiró antes de ponerse en pie—. ¿Quieres que te acompañe y haga una declaración formal? Por supuesto, apechugaré con las consecuencias. Ya es hora.

Ari Thór dio crédito al relato; no tenía motivos para lo contrario. Al mismo tiempo sentía lástima por ella. Había cargado con ese peso durante décadas, en su mayor parte, sola. Con pocos amigos, una solitaria en un piso diminuto. No se le pasó por la cabeza ni un instante complicarle la vida.

—No hay ninguna necesidad. Detallaré un informe —dijo, aunque no iba a hacerlo. Este relato no saldría de esa casa—. Ya no se hace nada en casos como éste, no cuando ha pasado tanto tiempo. No tienes que preocuparte por eso.

—¿Cómo? ¿Estás seguro? —Parecía sorprendida.

—Totalmente.

Sonrió, encantado de poder aligerar la conciencia de esa anciana, pero incapaz de no tender un puente con la situación de Elín: ¿la acusarían de homicidio, o incluso de asesinato, aun teniendo en cuenta el sufrimiento que había padecido a lo largo de tantos años de miedo y violencia?

No sé por qué sigo escribiendo. Por qué no he quemado ya este cuaderno.

Todavía tiemblo un poco; estoy enfadado y tengo miedo. Es una mezcla peligrosa.

Decidí hablar con Ása, sacar en claro cuándo y cuántas veces había intentado que el médico me diera hora. Esa medicación me estaba matando y había depositado toda mi confianza en ella.

«No he podido ponerme con eso hasta hoy», dijo.

¡Me había mentido! Y más de una vez.

Se lo eché en cara, le dije lo que pensaba.

Me trataba como si fuera un niño pequeño.

«¿Dije yo eso?», «¿Te prometí yo eso?»

Luego se quería largar, pero yo la agarré. No con fuerza, pero sí lo bastante firme como para que se viera obligada a detenerse.

Yo iba a decir algo, a reiterar aquella opinión mía de que me había traicionado, a preguntarle por qué.

Pero entonces me espetó:

—Tengo veintisiete años.

Tardé una fracción de segundo en entenderla. Veintisiete años, sí.

La dejé irse y luego me vine corriendo aquí hasta la sala, abrí el diario y leí todo lo que había escrito hasta ese momento.

«Cuarenta y tantos tal vez. Un poco hinchada de cara; demasiado vino tinto, demasiados bistecs a lo largo de los años. Se le nota el cansancio en los ojos y jamás sonríe. No me cae bien la gente que no sonríe.» Y eso era lo menos malo.

¡La muy zorra ha leído mi cuaderno a escondidas, a lo mejor cada día!

No voy a dejar que eso me afecte. Voy a seguir escribiendo, pero a partir de ahora tendré cuidado de no separarme del cuaderno jamás y, directamente, dormiré con él bajo la almohada por la noche.

Sí, podría haberla agredido; tenía ganas. Pero no lo hice. Esta vez conseguí controlarme.

Eso tiene que ser señal de que me voy recuperando.

CAPÍTULO 36

«No soy un hombre violento», le había dicho a la bofia. Y eso era verdad, hasta cierto punto. Addi se había dedicado a varias actividades que se consideraban fuera del marco de la ley, pero había intentado llevarlas a cabo con cierto respeto por sus conciudadanos.

Desde luego, se había metido en trifulcas, pero pocas veces, y nunca había hecho daño a nadie sin que lo provocasen antes. Eso sí, amenazas sí había soltado muchas veces. Formaba parte del juego.

Y esta vez tampoco tenía intención de romper su costumbre, a estas alturas de la vida, pese a estar que trinaba a causa de ese niñato, Ari Thór. Los dos habían llegado a un acuerdo, chivatazos a cambio de un poco de paz. Y lo primero que hacía el caballerete era romper el pacto y arrastrarlo a comisaría como a un delincuente cualquiera.

Lo único en que lo podía pensar al salir de la

comisaría era en la venganza. Quería darle una lección a ese engreído. Bajarlo de la nube. Además, era más que probable que se convirtiera en comisario en las próximas semanas y, bajo ningún concepto, iba a dejarlo actuar de esa manera. Tenía que establecer cierto equilibrio de poderes entre los dos.

No era un hombre violento, de eso no lo podían tachar.

Fue directo a la casa donde vivía Ari Thór. Llamó a la puerta y esperó. Iba a meterle un poco de miedo en el cuerpo a su chica.

Al parecer no había nadie. Se le pasó por la cabeza forzar la entrada, causar destrozos, equilibrar de algún modo la traición que había sufrido. Sin embargo, hacía tiempo que era demasiado viejo para molestarse en sabotajes de ese tipo. Además, no hacía falta llamar demasiado la atención. En el pueblecito nunca se forzaba la entrada de las casas y así quería que siguiera. Ninguna delincuencia visible, una falsa sensación de seguridad. Eso le convenía a todo el mundo.

No, en lugar de forzar la entrada, decidió hacer una escapadita a Akureyri. Sabía varias cosas sobre Ari Thór, al menos lo principal. Por ejemplo, que su mujer, su novia o lo que fuera, trabajaba en el hospital de Akureyri. Iría de perlas hacerle una visita allí. Tenía que estar en el trabajo, ya que no se encontraba en casa.

La hora de trayecto a Akureyri no se le hizo

muy larga. Tras la tormenta de la noche, el viento se había apaciguado y había emergido un brillante día de invierno.

Tuvo que esperar un buen rato en el hospital antes de que lo atendieran en recepción. Mucho jaleo, poca gente de guardia; todo se escatimaba en estos últimos tiempos de vacas flacas y recortes.

Preguntó por Kristín.

—No atiende directamente a pacientes. ¿Has hablado con tu médico de cabecera? —repuso la recepcionista, de voz aguda y tono plano, sin ninguna inflexión innecesaria, cualquier sonoridad superflua; a lo sumo, un mínimo toque de compasión.

Lo observaba mientras hablaba, como si estuviera intentando averiguar dónde le dolía.

—No, me has entendido mal —contestó Addi con tanta educación como pudo—. Soy su tío. Se suponía que íbamos a vernos aquí cuando acabara la guardia.

—Ah, perdona, déjame ver... —La mujer se puso unas gafas y miró un momento la pantalla de su ordenador. Se animó un poquito, como si le pareciera una agradable variación en la rutina de los pacientes hablar con un hombre que tenía un motivo diferente para acudir al hospital—. Sí, Kristín no se libera hasta dentro de media hora.

—Ay, ay —dijo él y miró su reloj—. Me habré confundido.

—¿Me lo dices o me lo cuentas? —le sonrió

ella—. No hay problema si quieres esperar. Normalmente viene por aquí, o sea que sale por este lado.

—Sí, creo que voy a esperarla. No vale la pena ir a ningún sitio y luego volver. Vivo en el este, ¿sabes?

Creía que sería capaz de reconocer a Kristín, la había visto de lejos; era muy buen fisonomista y siempre había tenido buena memoria. Ese talento venía bien en el negocio.

Se sentó a esperar. Siempre se sentía incómodo en los hospitales y esta vez no iba a ser una excepción. Habría preferido estar en otro sitio.

Al cabo de una hora vio a una joven salir hasta recepción. Sí, era ella, estaba bastante seguro. Le sorprendió ver que llegaba acompañada de un hombre un poco mayor que ella con el que parecía que hacían buenas migas. Si no hubiera estado al cabo de la calle, habría dado por supuesto que eran pareja. Pero eso no podía ser… ¿o sí?

Se hizo el esquivo, saliendo a hurtadillas delante de Kristín y aquel tipo, antes de que la recepcionista viera a la doctora e intentase avisarlo.

Addi había confiado en poder hablar con ella a solas. No le iba a hacer daño, sólo iba a meterle miedo de algún modo. Amenazas vagas. Solía pasar, y lo sabía por experiencia, que eso bastaba para alterar a la gente normal y corriente, la que estaba acostumbrada a trabajar sus ocho horas diarias y se relajaba el resto del tiempo con la familia.

Continuaron a pie, de camino al centro. Hacía una bonita tarde-noche de invierno en Akureyri, serena pero fría. Addi los seguía a cierta distancia. Tenía que hablar con Kristín a solas. Eso era imprescindible, pero ella no parecía tener intención de librarse de ese tipo. Al final entraron en un restaurante bastante elegante, incluso romántico. Addi hizo lo propio, se sentó a una mesa vecina y, poco a poco, fue cayendo en la cuenta de que tal vez no necesitara hablar con Kristín. Tal vez por ahora bastase con sacarles una foto a ella y a su amiguito y darle una sorpresa a Ari Thór. Ésa era una táctica fácil y sencilla que posiblemente daría buenos resultados, porque le haría entender al madero que los caballeros no pueden permitirse faltar a su palabra.

CAPÍTULO 37

Cuando Ari Thór volvió a la comisaría al final de la tarde, tras dejar al pequeño con la niñera, se encontró a Tómas sentado hablando con el concejal Ottó.

Éste se puso de pie y le tendió la mano a Ari Thór:

—Hola, ¿qué tal, Ari Thór? —El tono de voz era cortés, pero la mirada contaba otra historia, denotaba decepción—. Se nos ha torcido el asunto —dijo sin mayores explicaciones.

—Ha sido un placer verte, Ottó —intervino Tómas y agregó, como para despejar cualquier duda de que la visita se había terminado—: Me alegro de que ya hayas llegado, Ari Thór. Tenemos que repasar algunos puntos.

—Le estaba comentando a Tómas si no se habrá acabado todo para nuestro amigo Gunnar. Él no quiere confirmar nada de nada, claro está, pero los rumores vuelan. Si Gunnar ha estado metido en el tráfico de drogas, entonces tenemos que librarnos de él. Todo esto es un coñazo, un auténtico coñazo. Líos y más líos. No sé a quién puedo encontrar para sustituirlo, porque a pesar de todo había bastante consenso respecto a Gunnar. —Ottó suspiró, sin ocultar que estaba molesto—. Y vosotros no habéis podido dejar las cosas tranquilas, por supuesto —agregó más para sus adentros que para los dos policías, pero el mensaje llegó alto y claro a sus destinatarios.

A Ari Thór le sentó mal esa reprimenda poco disimulada. A veces se sorprendía a sí mismo haciendo preguntas que sabía que era mejor no formular. Sólo porque dejaba que algo le molestara. Y ahora preguntó:

—Ottó, conoce al profesor de Historia del instituto de secundaria, ¿verdad?

—¿Al profesor de Historia? ¿Te refieres a Ingólfur?

—Justo —confirmó Ari Thór.

—Sí, nos conocemos. ¿Qué pasa con él?

—Su escopeta sigue en paradero desconocido.

—¿Ah, sí? ¿Por eso estuvisteis en su casa el otro día? Aquello llegó a mis oídos, pero no sabía el motivo.

—Sospechamos que se utilizó contra Herjólfur —dijo Ari Thór secamente.

—¿No creeréis que Ingólfur esté involucrado? —se sorprendió Ottó.

—¿Ha visto esa escopeta alguna vez?

—¿Cómo quieres que me acuerde?

—¿No acudió a una cena en su casa el otro día?

—Sí, pero ¿qué tiene que ver eso con el caso?

—¿Y en esa ocasión no les enseñaron el arma?

—Sí —contestó Ottó, malhumorado—. Es cierto. Lo había olvidado. —Comenzó a mostrarse nervioso, seguramente porque quería evitar por todos los medios verse involucrado en la investigación—. Podemos hablar de eso más adelante, ¿no? Si es que hay algo de que hablar. Es que tengo prisa.

—Como tú quieras —intervino Tómas, que tenía aspecto de cansado y cuyas ojeras no se ocultaban.

—¿Qué diablos hacía ése aquí? —preguntó Ari Thór cuando Ottó ya había salido disparado.

—Intentaba pescar información. Se ve que está tratando de decidir si defender a su alcalde o no en la refriega en ciernes. Ottó es un tipo que toma decisiones así a sangre fría, sin dejar que interfiera ningún sentimentalismo. —Tómas hizo una breve pausa para luego decir con un poco más de firmeza—: Siéntate, muchacho. Tengamos una breve reunión. ¿Sacaste algo de tu visita a Jódís? ¿Qué diablos quería?

Ari Thór le había contado a Tómas su visita a la buhardilla de la iglesia y que Jódís lo había invitado a casa.

—Nada, nada en absoluto —contestó Ari Thór, como de pasada, y tomó asiento—. Sólo que se sentía sola, eso es todo, y yo resulté ser una víctima propicia. La dejé hablar de tiempos pasados, de su hermano y cosas por el estilo, pero no saqué nada de provecho de ello.

No sintió ningún remordimiento por mentirle.

—Tampoco me hacía ilusiones, a decir verdad —repuso Tómas—. Pero hay que levantar cada piedra, como dicen.

Ari Thór asintió con la cabeza.

—El caso de Elín y de aquel hombre, su exnovio, ya no está en nuestras manos —continuó Tómas—. Se enviará a la fiscalía, pero, según me cuentan, nada apunta a que se presente una acusación. Fue en defensa propia, legítima defensa, nada más.

—¿Ya no está en nuestras manos? —preguntó Ari Thór, sorprendido—. ¿Entonces no tenemos que entregar ningún informe?

—Lo he despachado hace un rato en nombre de los dos. Espero que te parezca bien. Hay mucho que hacer y lo mejor era liquidarlo.

A Ari Thór no le parecía bien, ni mucho menos. Tómas se estaba pasando de la raya; en sentido estricto, la investigación de la muerte de Valberg era competencia de Ari Thór, no suya. Si Tómas estaba en el norte era sólo porque se le había requerido para la investigación por la muerte de Herjólfur y no había nada que indicara un nexo entre los dos asuntos, salvo que Elín tenía conexión con ambos casos y que el ataque a Herjólfur le había dado a Valberg alguna pista a la hora de buscarla.

Ari Thór decidió dejarlo estar, al menos por ahora, y se limitó a asentir levemente con la cabeza. Sin embargo, empezaba a sospechar que Tómas echaba de menos su antiguo cargo de comisario. Quizá se estaba planteando solicitarlo de nuevo.

—También he hablado con mis amigos en Reikiavik —dijo Tómas y a Ari Thór le llamó la atención su elección de palabras: «en Reikiavik», no «en casa»—. Aseguran que Herjólfur no tuvo nada que ver con aquel caso de corrupción en su día. Que él no es, perdona, *no fue* un hombre deshonesto. Todo lo contrario, que ponía su empeño en salvaguardar el honor de la policía. Lo mismo valía para su padre. Eran polis de una pieza: honrados, estrictos y decididos, que nunca se dejaban avasallar por nadie.

—Pero noticias de ese tipo no se olvidan así como así —replicó Ari Thór.

—Sí, es verdad. Han sembrado las semillas de la duda. Ahora empiezan a oírse teorías de que le pegaron un tiro porque se había juntado con malas compañías. Que se lo buscó. Tenemos que defender su buen nombre en ese sentido ahora que él ya no puede hacerlo por sí mismo.

Ari Thór no estaba del todo de acuerdo, pero no iba a entrar en una discusión con Tómas.

—Tiene familia, *tenía* familia… —se limitó a decir—. Su mujer y sus hijos deberían poder hacerse cargo de defender su memoria.

Tómas se quedó en silencio, su típica reacción cuando disentía de su compañero. En vez de eso comentó:

—Y hablando de la familia. Por lo visto el chico vuelve al pueblo esta noche para recoger algunas cosas de la casa para su madre. Me ha parecido que no había nada en contra. Ya hemos repasado los documentos que Herjólfur tenía allí; no contenían ningún secreto especial. La viuda dice que nunca volverá aquí, así que ha enviado al hijo en su lugar. Le he dicho al chico que podía recoger lo que quisiera y hospedarse en la casa si le apetecía. Están preparando el funeral, que se celebrará en Reikiavik. Y para colmo ella tiene una pierna rota, por lo visto.

—¿Quién tiene la pierna rota?

—Helena, la viuda.

—¿Ah, sí? ¿Y hace cuánto que ha pasado? La vi el otro día y estaba bien —dijo Ari Thór, aunque recordó al instante que Helena nunca se puso en pie cuando él la visitó.

—Se lesionó el otro día esquiando, según tengo entendido. Creyó que se curaría, pero luego vio que la pierna estaba fisurada o fracturada.

—Justo —contestó Ari Thór, distraído.

Había empezado a darle vueltas, y no por primera vez, a cómo afectaría a ese chico la pérdida del padre, si se habría dado cuenta de lo duro que resultaba perderlo tan joven.

—He visto a Elín un momento hace un rato —dijo Tómas—. Ya está de baja. Sólo espero que los medios de comunicación la traten con cierta simpatía y muestren un poco de consideración hacia ella. De todas maneras, la he notado animada.

—¿Los crees?

—¿A qué te refieres?

—Eso de que no saben nada acerca de la muerte de Herjólfur. Gunnar tenía mucho que perder: la reputación y posiblemente el empleo, como se ha mostrado.

—Me inclino por pensar que dicen la verdad, al menos Elín —contestó Tómas—. Quizá porque parece que sólo compraba esos medicamentos a petición de su amigo y superior; una situación difícil para ella. Y quizá porque, lisa y llanamente, espero que sea inocente... No sólo ha sufrido una violencia brutal por parte de ese hombre, Valberg, sino que tiene que cargar con el peso de haberlo matado para salvar su propia vida.

—Pero pongamos que asesinó a Herjólfur, sólo como hipótesis. ¿Eso no daría una nueva luz a la muerte de Valberg? —replicó Ari Thór.

—¿Una nueva luz? ¿Estás diciendo que ella lo asesinó con premeditación? Vamos, hombre...

—No podemos descartarlo.

Se quedaron callados un rato.

—Estamos bajo mucha presión —dijo Tómas por lo bajo—. Tenemos que dar la talla.

—Eso no es nada nuevo —contestó Ari Thór.

De repente se sentía más optimista que antes, aunque no tuviera un motivo claro para ello. Durante un segundo le pareció que había alguna solución al alcance de la mano, aun cuando no acababa de entender cómo encajaban todas las piezas. Y por alguna razón tenía a Valberg muy presente.

CAPÍTULO 38

Cuando Kristín llegó a casa tarde esa noche, tanto Ari Thór como el pequeño ya estaban dormidos. No quiso molestarlos. Ari Thór apenas estaba descansando estos días. La cena en Akureyri había sido más bien un chasco. ¿Qué esperaba? ¿Un intento embarazoso de infidelidad sin terminar de dar el paso? ¿Devolverle el flirteo con Ugla después de todos estos años? ¿O quizá impactarlo para que se diera cuenta de que ella existía y necesitaba más de él para que su relación pudiera mantenerse? Por supuesto, ése no era su estilo. No le había gustado la comida y apenas había probado bocado. A lo mejor era la conciencia, que había tenido ese efecto sobre las papilas gustativas.

Se preparó un tentempié con lo que había en la nevera para saciar el aguijón del hambre. La compañía tampoco había sido nada del otro jueves; la idea de cenar con ese hombre tan apuesto había sido más excitante que la propia ejecución. Tenían menos en común de lo que ella había creído y Ari Thór había rondado su cabeza todo el tiempo. Vaya metedura de pata, no se podía llamar de otra forma. Por suerte, el único castigo sería seguir trabajando con él; miles de momentos incómodos en perspectiva.

Ari Thór se despertó cuando ella se metió en la cama. Se giró hacia ella, le dio un beso y le acarició la mejilla.

—¿Un día duro? —preguntó.

—Más bien —contestó ella y notó el sudor brotar por el embuste, por mantener el engaño de que había estado de guardia hasta tarde—. ¿Y el tuyo?

—No está siendo fácil. Y me parece que se me escapa algo que tiene importancia, alguna explicación… —Se incorporó en la cama y echó un vistazo a su móvil, como solía hacer—. ¿Cómo…? —masculló para sí—. Tengo que bajar y mirar una cosa en el ordenador, lo siento. Me ha llegado un mensaje de un tipo, un puto delincuente, diciendo que me acaba de enviar no sé qué fotos. Nunca te dejan en paz.

—Vale, cariño —dijo Kristín, cerrando los ojos.

Estaba a punto de dormirse, a punto de entrar en el país de los sueños, cuando Ari Thór regresó.

Contrario a su costumbre, esta vez no tuvo ningún cuidado en hablar bajo a pesar de que el niño dormía en el mismo cuarto.

—¿Me puedes explicar esto? —Su tono revelaba sorpresa y enfado—. ¿Me puedes explicar *esto*? —Alzó la voz aún más.

Le entregó el portátil a Kristín, que se despertó de golpe al ver las fotografías. Unas cuantas instantáneas, algo borrosas, seguramente hechas con un móvil, pero aun así lo bastante nítidas. Fotos de la cena secreta.

—¿Cuándo te las han hecho? ¿No estabas trabajando esta noche?

En ese instante podría haber contado una mentira, pero en el fondo sabía que eso estaba descartado. Se le daba fatal mentir. Además, no tenía más remedio que ser sincera; no había forma de salir de esta situación con embustes, no si deseaba salvar la relación con Ari Thór y, desde luego, quería intentarlo.

—No... Me han invitado a cenar —dijo a media voz.

—¿A cenar? ¿Quién te ha invitado? ¿El tipo de la foto? —preguntó Ari Thór con aspereza.

—Sí...

—¿Y quién es? ¿Quién es ese tipo?

—Sólo un médico de Akureyri.

—¿Sólo un médico de Akureyri? ¿Es que estáis liados o qué?

—No... —titubeó a su pesar, y lamentó en el

acto no haber sido más contundente. «Desde luego que no», o algo por el estilo—. Somos amigos —agregó.

—¿Por qué dijiste que tenías que trabajar hasta tarde esta noche? —Hablaba en voz alta y el pequeño Stefnir se despertó y se puso a llorar.

Ella vaciló otra vez. No quería mentir, pero era difícil contar toda la verdad.

—Yo... o sea... Temí que reaccionases mal.

—¿Por qué? ¿Porque me estás poniendo los cuernos?

El llanto de Stefnir arreció. Kristín se levantó de la cama y tomó al niño en brazos, intentando consolarlo en vano.

—No, Ari Thór... Sólo somos amigos.

Sus palabras sonaron poco convincentes en la oscuridad del dormitorio.

—No me lo puedo creer. —De repente parecía que el enfado en la voz daba paso a una profunda tristeza. Estaba dolido. Herido—. Puedes dormir aquí sola esta noche, con Stefnir. Me hiciste buscarle una canguro para salir a cenar con tu ligue.

—Perdona, Ari Thór —dijo a punto de llorar, pero enseguida cayó en la cuenta de que una disculpa equivalía a aceptar la culpa.

Él no dijo nada, sólo se largó. Y a ella le entró la incómoda sensación de que ahora todo había cambiado, de que nada volvería a ser como antes.

CAPÍTULO 39

Un correo electrónico interesante esperaba a Ari Thór cuando llegó a la comisaría. Tómas también lo había recibido.

Había ciertas sospechas acerca de la puñalada en el pecho de Valberg en cuanto a la trayectoria del cuchillo en la herida. Era improbable que él se hubiera «lanzado contra el cuchillo», la herida apuntaba más bien a que lo habían apuñalado mientras estaba tumbado en el suelo... Esta noticia sentó mal a Ari Thór. Sentía mucha compasión por Elín. En su opinión, ella era la víctima.

Aun así, ese e-mail lo habían recibido ambos exclusivamente para su información; quedaba claro que no les iban a dar más vela en este entierro.

A Ari Thór le costó Dios y ayuda conciliar el sueño en el viejo sofá de la comisaría de Siglufjördur; resultaba demasiado pequeño por todas partes; los pies le sobresalían del borde y con el más mínimo movimiento casi se caía al suelo. Pero sobre todo eran los acontecimientos de la noche los que lo habían desvelado. La riña con Kristín, la decepción. Desde luego que él mismo también había dado un paso en falso, pero eso lo habían saldado. Él había recibido su castigo, de largo, en su momento.

La cara de Kristín, su expresión corporal, el tono de voz y luego, claro, el secretismo: todo eso eran llamativas señales de que ahí detrás había habido algo más que una mera cena con un amigo. Y tampoco se podía olvidar lo distante que se había mostrado últimamente. ¿Cuánto habría durado esa relación? Era una traición, una traición pura y dura, hacia él, hacia el pequeño Stefnir, hacia la familia.

¿Y ahora qué? ¿Debía volver a casa después de una noche en el sofá de la comisaría y fingir que no había pasado nada?

¿Debía permitirle a Addi Gunnu, quien le había enviado esas fotos, salirse con la suya y destruir a su familia? Como es lógico, la idea no le hacía ninguna gracia, pero aquí se trataba de otra cosa más importante. De confianza, la misma que se había tardado mucho tiempo en construir y que ahora había desaparecido de golpe.

Quizá todo se había acabado.

Fue una noche complicada. Ari Thór consiguió dormir a intervalos, pero solamente durante ratos breves. Entretanto, sus pensamientos se alternaban entre Kristín y la muerte de Herjólfur. ¿Qué era lo que había dicho Tómas que no encajaba del todo? ¿Y por qué quiso Ari Thór relacionarlo con el difunto Valberg?

Ya casi al alba, cuando se encontraba en el duermevela, la respuesta irrumpió desde el subconsciente. Herjólfur le había dicho que él y su esposa no eran muy aficionados a las actividades al aire libre, como el esquí. Pero ahora llegaba la noticia desde Reikiavik de que su mujer se había roto una pierna esquiando. ¿Entraba dentro de lo posible que eso fuera una invención? Y, en ese caso, ¿qué verdad estaba ocultando ella? Otra vez Valberg le saltó a la memoria. Y también el año de excedencia que Herjólfur había obtenido para atender a su mujer durante su enfermedad. ¿Qué enfermedad?

Estricto y decidido, había dicho Tómas de Herjólfur.

El relato sobre Addi Gunnu y el rescate en Skardsdalur también le vino a la mente. «Todo el mundo tiene su lado bueno, sus atenuantes, muchacho. Incluso Addi», había dicho Tómas. Y que la mayoría tenían su lado oscuro que no dejaban ver a los demás.

Sí, exacto.

Cuando Tómas y él hablaron de Valberg, su

exjefe había dicho justamente eso: que no sólo eran los desgraciados los que cometían actos violentos, sino también hombres en apariencia intachables. Padres de familia en puestos de responsabilidad.

Ari Thór tuvo que admitir para sí que Helena no había parecido muy alterada cuando le trajo la noticia del disparo ni tampoco cuando la volvió a ver más tarde. De hecho, ya había empezado a preparar el funeral del marido antes de que se confirmara su fallecimiento.

¿Entraba dentro de lo posible que albergara la esperanza de que no sobreviviera?

Volvió a pensar en Valberg, en la violencia que había ejercido. ¿Era concebible que Herjólfur hubiera sido violento con su esposa? ¿Explicaría eso el enrarecido ambiente del hogar, el hecho de que nadie pareciera llorar su muerte?

Ari Thór se incorporó en el sofá. Se acabó cualquier esperanza de dormir más.

Cuanto más pensaba en aquello, tanto más seguro estaba de que tenía razón. Debía contemplar esa posibilidad.

Aun así, ¿el asesinato no tenía que estar, de alguna manera, relacionado con el tráfico de drogas que Herjólfur estaba investigando? Un tráfico que tenía lugar, entre otros sitios, en la casa donde se produjo el ataque con arma de fuego...

O no; a Ari Thór le vino a la memoria cómo se había enterado de aquella investigación. Herjólfur la llevaba a cabo en secreto. Él mismo no había tenido noticias de ella. Casi nadie estaba al tanto, de hecho. Aun así, Herjólfur le había confiado al menos a una persona que estaba investigando un presunto caso de tráfico de drogas en la casa abandonada... A la persona que tan amablemente había guiado a Ari Thór en esa dirección... alejándolo de la familia de Herjólfur.

—¡Que me aspen!

Ari Thór se negaba a creerlo.

Eso era imposible.

¿Cómo iba a saber, por ejemplo, dónde se guardaba la escopeta?

¿Cómo...?

Y al instante la respuesta se le reveló. Por supuesto, la persona en cuestión sabía de la existencia de la escopeta de Ingólfur. Y si Herjólfur era el objetivo, muy poca gente sabía que él estaba de servicio aquella noche.

Se puso el uniforme de policía a toda prisa y se marchó pitando de la comisaría, dando un portazo tras de sí. Salió a la fría mañana, al encuentro de un asesino.

Mañana vuelvo a casa. La nueva medicación ha funcionado mucho mejor; me he recuperado un montón. Creo. Va a estar muy bien salir de aquí, pero aun así me preocupa un poco. No tengo demasiadas ganas de ir a casa. Allí nada ha cambiado, estoy seguro; el tiempo sólo se ha quedado detenido.

Muestro grandes síntomas de recuperación, dice el doctor.

Pero en realidad él sabe muy poco. Por ejemplo, no sabe por qué la relación entre Hanna y yo acabó tan de repente, tan mal.

Me había mudado a vivir con ella, más o menos, y llegué a su casa —nuestra casa— una noche. Cansado, irritado con mis padres, como siempre. Enfadado.

Ella dijo algo, ya no me acuerdo qué. No importa. Algo que me sentó mal. No sé lo que me entró: me abalancé sobre ella, que estaba desprevenida, y la pegué. No tan fuerte como lo hubiera hecho mi padre, claro, pero aun así lo bastante fuerte.

Se asustó: ésa fue su primera reacción. Luego vi

cómo iba notando el dolor y, al final, explotó la ira. Todo aquello pasó muy deprisa. No hemos vuelto a hablar desde entonces. Me mudé de nuevo a casa de mis padres y me encerré durante muchos días. ¡No lo podía creer! No podía creer que le hubiera hecho eso.

Como si me hubiera infectado por una epidemia perniciosa. Una enfermedad incurable. Y, visto lo visto, no hubiera manera de salvarme. Así me sentí. Y así me siento todavía a veces. En ocasiones espero que el futuro sea más favorable, que pueda superar esto de algún modo.

Mi padre vino ayer y dijo que ya era suficiente, que tenía que volver a casa. Evidentemente ha hablado con mi médico o con algunos jefes, porque parecía saberlo todo sobre cómo había ido el tratamiento. Luego me dijo que no me preocupara, que este ingreso lo borrarían de los registros oficiales en la medida de lo posible. En otras palabras, esto sería silenciado. Ninguna mancha en mi historial, tal y como lo puso. Yo, por supuesto, no tengo ningún historial todavía, pero los dos sabemos lo que me guarda el futuro. A lo mejor está intentando hacerme un favor, pero está claro que también quiere borrar cualquier huella de estos días oscuros por sí mismo, por la familia. La humillación le resultaría insoportable.

Ása ha venido hace un rato a despedirse de mí. Se ha mostrado inusualmente cálida conmigo. Casi avergonzada. Se pasó de la raya, los dos lo sabemos, pero yo no voy a hacer nada al respecto. De todas formas, mi padre nunca me lo permitiría. Atención innecesaria. Quizá se pueda hacer desaparecer los datos y los informes sobre mi estancia aquí, si uno tiene tanta influencia como mi padre, pero sin duda habrá algunos que se acordarán de mí. En especial Ása. Y tampoco se puede decir que mi nombre sea muy común.

Herjólfur.

CAPÍTULO 40

Ari Thór esperaba junto a la puerta de entrada del apartamento del sótano. Ya había llamado al timbre dos veces.

El pueblo tenía un aspecto tranquilo; la noche estaba a punto de convertirse en día. La oscuridad parecía inacabable en esa época del año. Pulsó el timbre por tercera vez. Nadie contestaba.

No pensaba rendirse tan fácilmente, sino que se acercó a la puerta principal y llamó al timbre. Oyó ruido de pasos dentro de la casa.

Y se encontró en la misma situación que días antes, mirando al hijo y tocayo de Herjólfur en el umbral de la puerta, con pinta de cansado y sorprendido. La última vez que habían estado hablando en este mismo sitio, el joven Herjólfur tenía el ceño fruncido y la cara seria, mientras hablaba a Ari Thór de la investigación de su padre en un caso relacionado con la casa vieja. Parecía triste por la noticia que el policía les había traído a él y su madre. ¿Había sido puro teatro? ¿Una puesta en escena para despistarlo?

—¿Qué pasa? —preguntó el chico, confuso.

—¿Puedo entrar? —dijo Ari Thór, educado.

—¿Sabes qué hora es, tío? —Herjólfur se restregó los ojos—. Estaba dormido como un tronco. Como la gente normal a estas horas.

Retrocedió unos pasos y señaló a Ari Thór que entrara, luego encendió la luz del salón e indicó al agente que lo siguiera hasta allí.

El salón recibió a Ari Thór del mismo modo que la vez anterior: frío y sin alma. A primera vista, no se había movido nada desde la última vez; todo estaba en su lugar de costumbre.

El chico se sentó en el sofá blanco que su madre había ocupado las veces que Ari Thór la había visitado. Éste prefirió quedarse de pie, como la vez anterior. El motivo de la visita era grave, de hecho muy grave, si la sospecha de Ari Thór resultaba cierta. Lo apropiado era guardar las formas.

—Tengo entendido que tu madre se ha roto una pierna.

—Sí —contestó Herjólfur, reservado—. No se la rompió, se hizo una fisura. Creyó que se iba a arreglar sin más, pero al final tuvieron que escayolarla.

—¿Qué pasó?

—Ella, bueno…, se lesionó esquiando.

Le temblaba ligeramente la voz al hablar. Probablemente no se sentía tan tranquilo con esta visita inesperada como pretendía aparentar.

—Tu padre me contó que tu madre y él no eran nada aficionados a las actividades al aire libre y que nunca esquiaban. Sólo salían por la ciudad.

El chico vaciló.

—Sí, justo. Mi padre no era muy aficionado a esa clase de cosas.

Daba la impresión de que Herjólfur prefería no profundizar en aquello. Ari Thór lo dejó estar por ahora.

—¿Solía tomar él todas las decisiones?

—Sí —contestó Herjólfur y cargó todo el peso en esa única palabra.

—¿Era firme?

Herjólfur asintió con la cabeza.

—¿En casa y en el trabajo?

—No sé si en el trabajo.

La respuesta resultó escueta, pero el mensaje quedó más claro que el agua.

—Alguna información apunta a que tu padre estuvo involucrado en un asunto de corrupción en Reikiavik. —Ari Thór observó atentamente la reacción del joven.

—De eso no sé nada. Puede que sí. No es asunto mío.

En circunstancias normales, un hijo habría defendido a su padre al oír semejantes acusaciones y, sin embargo, Herjólfur no parecía estar por la labor.

—Gracias por el chivatazo, por cierto —agregó el policía tras un breve silencio.

—¿Cómo?

—Sí, sobre el trapicheo de drogas en la casa vieja.

—Ah, sí —repuso el chico a media voz.

—Tenías toda la razón... Tu padre tenía toda la razón: la casa se usaba con ese fin.

—Vale.

—Tu madre me dijo que vivías en el sótano.

—Sí, es cierto.

—He probado a llamar al timbre ahí.

—He preferido quedarme aquí arriba. Hay más espacio.

—Entras y sales como quieres.

Herjólfur miró a Ari Thór con mirada interrogante.

—Eso me dijo tu madre sobre ti —explicó Ari Thór.

—Sí...

—¿Es eso cierto? ¿No se enteraban de cuándo estabas en casa y cuándo no?

—No, supongo que no.

—¿Y dónde estabas la noche en que dispararon a tu padre?

Herjólfur se sobresaltó.

—¿Que dónde estaba? —preguntó estupefacto.

—Sí. ¿Estabas en casa, dormido?

El joven se puso en pie de un salto.

—¿Por qué preguntas eso? ¿Qué coño me estás

preguntando, tío? —Durante un instante pareció que el chico podía intentar cualquier cosa—. Sí. Estaba dormido. En el sótano. —Volvió a sentarse.

—No había mucha gente que supiera de esa investigación sobre las drogas. ¿Fue así como nació la idea?

Herjólfur no contestó y Ari Thór continuó:

—Pensaste que la policía buscaría al culpable entre los traficantes o los yonquis. Y que el caso nunca se aclararía.

Herjólfur seguía sin mostrar reacción alguna. Aun así, Ari Thór esperaba que sus preguntas hicieran mella.

—¿Y la escopeta? ¿Cómo sabías de su existencia?

Ahora, por fin, hubo una respuesta por parte de Herjólfur.

—¿A qué te refieres? —espetó.

—¿Quieres que te cuente lo que creo? Que tú sabías que estaba allí, en el garaje de Ingólfur. Precisamente ha salido a la luz durante la investigación que su hijo montó una fiesta para los chicos de su curso. Está en el último año como tú, ¿no es así?

Herjólfur guardó silencio.

—¿No es así? —reiteró Ari Thór, alzando la voz considerablemente.

El joven asintió con la cabeza, con aire sumiso.

—No es ningún secreto en qué curso estoy.

—¿Estuviste en esa fiesta?

—Creo que deberías largarte de aquí. —Había furia en la voz y había vuelto a levantarse—. Irrumpes en mi casa, me sacas de mala manera de la cama... con esas acusaciones ridículas.

—Doy por sentado que eso quiere decir que sí —dijo Ari Thór con firmeza.

—¿Eh?

—Que estuviste en esa fiesta.

Ari Thór se quedó a la expectativa, concediéndole al chico unos segundos para darse cuenta de lo que venía a continuación, mientras él pensaba bien la próxima jugada: cómo echar abajo su resistencia, cómo atravesar el grueso muro defensivo detrás del cual se había parapetado Herjólfur.

—¿Se mostraba violento contigo? —preguntó al final, con delicadeza.

La pregunta pilló a Herjólfur con el pie cambiado y, por primera vez, su cara denotaba temor. Negó con la cabeza.

—¿Y con tu hermana?

—No —contestó Herjólfur con un suspiro.

—¿Con tu madre?

Herjólfur calló de nuevo.

—Tienes que colaborar con nosotros —dijo Ari Thór con tono amistoso—. Es la única manera, hecho lo hecho.

Tras un buen rato, Herjólfur hizo un gesto afirmativo.

—Sí, la pegaba.

—¿Se rompió la pierna esquiando?

—Él la empujó. —Herjólfur se derrumbó abatido en el sofá—. No era la primera vez que le rompía una pierna, creo —continuó tras un largo silencio—. Ella contaba que se había caído de un caballo al poco de conocerse los dos. No me lo creo. Siempre la estaba pegando.

El chico bajó los ojos, evitando la mirada de Ari Thór. La conversación sobre la violencia doméstica había hecho que cambiase por completo de actitud, como si se hubiese vuelto medio apático.

—Y su baja por enfermedad, el año de excedencia de tu padre, ¿fue porque se estaba recuperando de algún acto de violencia?

—¿Eh? No... Lo estás malinterpretando —replicó Herjólfur—. Para nada estuvo de baja por enfermedad, a pesar de que los golpes no disminuyeron mucho durante aquel tiempo.

—¿Ah, no?

—Fue mi padre quien estuvo enfermo. De vez en cuando tenía episodios de depresión. No se podía hablar de ello. Todo tenía que ser perfecto en apariencia. El poli perfecto de puertas afuera. Nunca alcanzó la cima, ya ves. Un ejemplar defectuoso. Pero, aun así, se le cuidaba; nunca perdió el empleo. Hijo de su padre, ¿entiendes?

Tómas había descrito al abuelo del chico, el padre de Herjólfur sénior, como una leyenda viva, un policía de la vieja escuela.

—Tu abuelo está muerto, ¿no?

—Sí. Pero creo que nunca desapareció por completo de la vida de mi padre.

—Y el empleo se heredó, el de policía.

—Todo eso se heredó, por desgracia... —dijo Herjólfur, sin ocultar que le costaba Dios y ayuda hablar de ello—. El abuelo también pegaba a la abuela.

—¿O sea que la violencia de tu padre contra tu madre duró mucho tiempo?

—Demasiado, de largo —dijo el muchacho con énfasis—. Por fin mi madre está libre. Es una buena persona.

—Así que lo hiciste por ella.

No había el más mínimo atisbo de juicio en la voz de Ari Thór.

El silencio que siguió fue largo. A Ari Thór le daba pena el joven, que tenía que decidir si dejarlo aquí o confesar.

Al final, Herjólfur respiró hondo y dijo quedamente:

—En parte sí, claro. Alguien tenía que hacerlo. Mi hermana no aguantaba presenciar los golpes; se largó a Reikiavik en cuanto pudo, y nunca volvió a hablar con nuestro padre desde entonces. La responsabilidad recayó en mí... Si no, nunca habría acabado.

Ya parecía perfectamente tranquilo. Satisfecho.

Ari Thór estaba a punto de intervenir y entrar en detalles, pero Herjólfur continuó sin prestar atención alguna al policía:

—De todas maneras lo hice sobre todo por mí mismo... Creo. Para romper el círculo vicioso.

Otra vez hubo silencio. Ari Thór no quiso perturbar la narración y lo respetó hasta que Herjólfur siguió:

—A decir verdad no esperaba salirme con la mía en esto. Casi me daba igual. Está bien así. Lo peor va a ser mi madre, cuando se entere. Yo sólo quería no acabar como él. No acabar como el abuelo. En algún sitio había que poner el punto final... Demasiadas veces vi a mi padre convertirse en... en un monstruo. Y de pronto me di cuenta de que aquélla era la única salida. Lo tenía que parar de una vez por todas...

—¿Cogiste la escopeta de Ingólfur?

—Sí.

—¿Y dónde está ahora?

—En un cobertizo de una casa de esta calle.

—¿La ibas a guardar allí sin más?

—No, es una de esas casas de veraneo. Los propietarios viven en Reikiavik y sólo se les ve el pelo en verano, cuando se prevé sol, según tengo entendido. —Sonrió cortado—. Iba a tirarla al mar más adelante, cuando hubiese pasado todo el jaleo.

—¿Y cómo lograste que tu padre acudiese al lugar?

—Lo llamé sin usar mi tarjeta SIM, sino una de ésas de prepago.

—¿Él sabía quién estaba al teléfono?

—No, no, no me reconoció. Hablé bajo y forzando la voz. Sólo le dije que algo pasaba en la casa, que allí había algunos yonquis. Eso bastó.

La idea de cómo el chico había llevado con engaños a su propio padre a una muerte segura era terrible. Ari Thór se preguntaba si esto era la obra de un frío asesino o de un perturbado.

—Lloré un poco —dijo Herjólfur tan bajo que Ari Thór tuvo que agudizar el oído—. Lloré al apretar el gatillo. No porque lo quisiera. Al contrario, lo odiaba con toda mi alma. Y, sin embargo, lloré. No sé por qué. En cierto sentido, me costó hacerlo.

Ari Thór sintió escalofríos.

—¿Te arrepientes?

—¿Que si me arrepiento? —Herjólfur no tuvo que pensárselo dos veces—. No. Mi madre está libre. Yo también. A lo mejor me meten en la cárcel, pero me da igual. Yo no pegaré a ninguna mujer mientras esté allí dentro. No seré como mi padre.

Tenía la mirada perdida, su mente se hallaba muy lejos de aquel salón.

—¿Y por qué ahora? —preguntó Ari Thór, más por curiosidad que porque necesitara saberlo.

—¿A qué te refieres?

—¿Por qué decidiste hacerlo ahora?

—Fue el diario —susurró Herjólfur.

—¿Qué diario?

—Encontré un viejo diario por pura casualidad y reconocí en el acto la letra de mi padre. —Se quedó callado un momento. Su respiración se volvió pesada—. Era un diario de 1982, cuando él tenía más o menos mi edad. Tardé unos días en armarme de valor para leerlo. En realidad, no tenía la menor gana de conocer a mi padre demasiado bien. Lo odiaba con toda el alma... Pero cuando por fin lo leí, me entró miedo, un miedo de muerte. Me recordaba mucho a mí mismo. Y tuve que hacer algo.

—Así que decidiste matarlo.

—Pararlo —replicó Herjólfur como si estuviera corrigiendo un sencillo error lingüístico—. ¿Sabes lo que hizo mi padre cuando tenía mi edad? Tenía veintidós años cuando escribió el diario... ¿Sabes cómo reaccionó cuando se dio cuenta de que iba cayendo en lo mismo que mi abuelo?

Ari Thór negó con la cabeza.

—Intentó suicidarse. El intento salió mal, obviamente. El abuelo lo internó en la Unidad Psiquiátrica. El abuelo siempre se salía con la suya, como mi padre más adelante. Y creo que la estancia allí no hizo más que empeorar las cosas...

Unidad Psiquiátrica. El nombre despertó algo en la memoria de Ari Thór. ¿Se le había escapado algo en la investigación?

Sobrevino un largo silencio, hasta que, finalmente, Herjólfur dijo:

—¿Sabes una cosa? Ojalá lo hubiera conseguido. Suicidarse, quiero decir. Tal vez habría sido lo mejor. Lo mejor para todos.

Todavía no he tirado este cuaderno. Me he sorprendido a mí mismo llevándolo a casa y lo voy a guardar. No debo olvidar esta experiencia, este malestar, esta ansia. Todo lo que me llevó a intentar quitarme la vida. Todavía no me puedo creer que llegase tan lejos y, sin embargo, aún queda un atisbo de la desesperación que me obligó a ello.

Más o menos me siento como si me encontrara todo el rato delante de un muro, un muro insalvable, como si, de ahora en adelante, nunca fuese a poder superarlo. Y pienso que jamás lograré evadirme de la sombra de mi padre.

Que, al final, él y yo seremos iguales.

CAPÍTULO 41

Herjólfur acompañó a Ari Thór a comisaría sin oponer resistencia. El policía le pidió el diario antes de abandonar la casa y el chico se lo entregó de buena gana, como si se sintiese aliviado de librarse de él.

Ari Thór se puso en contacto con Tómas y, entre los dos, tomaron declaración formal a Herjólfur. En ella confirmó lo que ya había relatado a Ari Thór: confesó rápidamente el homicidio, sin aparente temor por las consecuencias.

Era obvio que para Tómas suponía un alivio cerrar el caso. Lo mismo se podía decir de Ari Thór; le alegraba que aquello se hubiera acabado, aunque no era en absoluto fácil afrontar el hecho de que el asesinato hubiera sido obra de un muchacho de diecinueve años; y, para colmo, el hijo del asesinado. Las reacciones iban a ser fuertes. La idea resultaba incómoda, escalofriante.

De pronto, a Ari Thór le vino a la cabeza la última vez que había oído mencionar la Unidad Psiquiátrica: una mujer había llamado para informar sobre un interno, pero al final no acabó su relato. ¿No había dicho que era enfermera de la Unidad Psiquiátrica?

Por fortuna había registrado la llamada a conciencia, como otras relacionadas con el caso, de modo que tenía tanto su nombre como su número de teléfono.

Llamó a la enfermera.

—¿Ása? —preguntó el policía cuando la mujer contestó al otro extremo.

—Sí. —Se mostraba titubeante.

—Hola, buenos días. Me llamo Ari Thór. Soy de la policía de Siglufjördur.

—¿La policía?

—Nos llamó acerca de cierto hombre internado en la Unidad Psiquiátrica, ¿verdad?

—Sí... Lamento la molestia; en realidad, no era nada de nada.

—Está bien —contestó él, con tono amable—. Aun así, ¿estaría dispuesta a decirme de qué se trataba? Cualquier información puede ser útil en potencia.

—En verdad, dudo que lo sea en este caso —repuso ella—. Es que estaba viendo las noticias de la tele cuando vi un rostro que me sonaba: el del policía muerto.

—Sí, era Herjólfur.

Ari Thór recordaba que la fotografía que ilustraba la noticia sobre su fallecimiento era una antigua, con toda probabilidad de hacía décadas.

—El caso es que me acordé de que fue paciente mío en la Unidad Psiquiátrica hace mucho tiempo. Dudaba de si informar de ello; por eso colgué. Estoy sujeta al juramento de confidencialidad... Pero, claro, por otro lado es importante echar una mano, ya que al hombre lo mataron. —Se calló un segundo—. Es que todo aquello fue raro. Al poco de que le dieran el alta, me enteré por casualidad de que no se conservaban sus informes médicos; no sé por qué. Recuerdo que estaba bastante inestable por aquel entonces. Y no nos llevábamos demasiado bien. —Vaciló—. Sí, quizá eso fuese en parte culpa mía, pero es que yo aún era un poco inmadura e irreflexiva.

—Muchas gracias. Está bien conocer esos hechos —dijo Ari Thór con afabilidad.

—Bien, me alegra oír eso —replicó la mujer—. Me sorprendió ver que había entrado en la policía. No esperaba que acabase necesariamente en ese lado de la ley, ¿entiende? Se exaltaba con facilidad, era un hombre joven e irascible. Se me ocurrió que a lo mejor querían saberlo, sobre todo porque los informes sobre él desaparecieron. Aquello fue raro...

—Exacto —replicó Ari Thór.

—Pero sí… He pensado en él de cuando en cuando a lo largo de los años. Sentí oír lo que pasó.

Tras la conversación con la enfermera, Ari Thór sacó el diario que Tómas le había encomendado leer para tener el cuadro general lo más nítido posible, antes de que se fueran a Akureyri a una reunión con el juez, en la que se solicitaría prisión preventiva.

Era un viejo cuaderno desgastado. La letra ya estaba borrosa, aunque era más o menos legible. De algún modo le incomodó inmiscuirse en el diario de otra persona, incluso aunque estuviera muerta. Aun así, tenía que leerlo, aparte de que ya le picaba bastante la curiosidad por su contenido.

Comenzó la lectura.

Julio de 1982.

Por fin me han dado un lápiz y un cuaderno.

Un lápiz amarillo, con la punta mal afilada, y un viejo bloc de notas que alguien ha usado antes que yo. Las primeras hojas las han arrancado de mala manera. ¿Habrá intentado alguien superar sus problemas y su malestar a través de la escritura, como yo? A lo mejor, ahí hubo en su día bonitos dibujos; la vista al patio sin pretensiones convertida en arte; si es que eso era posible. Hay cosas que son tan grises y frías que no existen colores capaces de insuflarles vida.

Me siento un poco mejor ahora, pudiendo ga-

rabatear algo en papel. Me cuesta explicar los motivos exactos. Escribir nunca me ha gustado particularmente. Es ahora cuando me parece que puede salvarme la vida, en sentido literal. Creo que lo que escriba en el cuaderno no tiene la menor importancia. Tal vez algo sobre los hechos precedentes, mi estado de ánimo o mi monótona existencia entre estas paredes. Cualquier cosa para no volverme loco.

EPÍLOGO

PRIMAVERA

A veces Ari Thór se dejaba llevar por su temperamento y su orgullo, él lo sabía mejor que nadie. El corazón era el que tenía las de perder.

El sol ya había comenzado a asomarse de nuevo sobre el pequeño pueblo y aumentaba su luz con cada día que pasaba, aunque la mayoría de las veces el gélido viento del norte le ganaba la partida al calorcillo que traía el astro rey.

Y con el aumento del sol, el puesto de comisario le había tocado en suerte a Ari Thór, por fin el empleo deseado. A pesar de que todo estaba tranquilo esos días —quizá un poco demasiado tranquilo—, de veras disfrutaba del nuevo cargo: un alto rango, influencia, autoridad; hasta le habían dejado contratar a dos subordinados.

En el ayuntamiento también había habido cambios. Elín había sido acusada del asesinato de Valberg y se había llegado a un «acuerdo mutuo» sobre el cese de Gunnar como alcalde. Ari Thór había oído que había regresado con su familia a Noruega. Ottó había ocupado el sillón de alcalde.

Y con el viento del norte, Kristín y Stefnir se habían marchado.

Por supuesto, parte de la culpa era de Ari Thór. Los malditos celos le habían hecho casi imposible perdonarla y, cuando por fin se le pasó el enfado, ella ya se había ido.

El próximo fin de semana era «fin de semana paterno».

Aun así, no había perdido toda esperanza, ni mucho menos.

La de ellos siempre había sido una relación inflamable.

Únicamente necesitaba poder sentarse con ella; hablar las cosas. Encontrar el momento ideal. Tenía que salvar la familia, aunque sólo fuera por Stefnir. Ari Thór había tenido unos años de infancia maravillosos hasta que perdió a sus padres y, por encima de todo, quería que Stefnir pudiera crecer junto a sus dos padres. El relato de Herjólfur sobre la violencia doméstica, generación tras generación, le había recordado lo bien que la vida los trataba a él, a Kristín y a Stefnir. No podía echar eso a perder.

Quizá tendría que hablarle de su padre, contarle la historia real tras su misteriosa desaparición. Ella sólo sabía que el padre de Ari Thór se había desvanecido. Pero hacía mucho de eso y él había descubierto la verdad. No se la había contado ni a Kristín ni a nadie más, pero había llegado el momento para ellos de dejar de tener secretos.

Había conseguido conquistar una vez, y luego otra, a esa mujer a la que amaba sobre todas las cosas. ¿Por qué no una tercera?

AGRADECIMIENTOS

Quiero agradecer a mi familia su apoyo inconmensurable: a mi esposa, María Margrét Jóhannsdóttir; a mis hijas, Kira y Natalía; a mis padres, Jónas Ragnarsson y Katrín Guðjónsdóttir; y a mi hermano, Tómas Jónasson.

Un agradecimiento especial a la fiscal Hulda María Stefánsdóttir por su ayuda en relación con los métodos de trabajo de la policía. El autor también agradece al Área de Cultura del ayuntamiento de Estocolmo el uso de la residencia de invitados Villa Bergshyddan, en la capital sueca, donde fue escrita parte de este libro.

Los habitantes de Siglufjördur también cuentan con mi enorme gratitud por la extraordinaria paciencia mostrada, a pesar de todos los asesinatos que han tenido lugar en el pueblo en las páginas de mis libros durante los últimos años. Sin embargo, hay que resaltar que *La verdad silenciada* es pura ficción y que su personajes no guardan semejanza alguna con la realidad.

También cabe destacar que los escritos de mi difunto abuelo, Þ. Ragnar Jónasson, sobre Siglufjördur me han servido de inspiración a lo largo de los años. En *La verdad silenciada* se trata bastante esa época del invierno, cuando el sol se esconde durante una temporada detrás de las altas montañas vecinas. Mi abuelo describió este fenómeno de un modo muy memorable en un artículo escrito en 1980 y publicado en 1997 en uno de sus libros sobre Siglufjördur: *Siglfirskir söguþættir* («Notas históricas de Siglufjördur»).

Su relato reza así:

Vuelve la primavera con su naciente verdor

Por Þ. Ragnar Jónasson (1913-2003)

Se acerca el solsticio de invierno. La oscuridad se cierne sobre cada monte y cada morada. Donde el sol logra asomarse, sus efectos son exiguos. Sus rayos caen prácticamente horizontales, y su calor y su luz resultan efímeros. Estoy sentado junto a la ventana, contemplando el atardecer. Fuera, la nevada resuena enconada y fría, los copos se amontonan en cúmulos de nieve pura, brillante y suave.

Disfruto del calor del hogar. Ahora ya no es la chimenea de la casa la que da calor y enternecedoras sensaciones, sino el calor que procede de las entrañas de la tierra en el valle de Skútudalur, con su geotermia y la energía eléctrica nacida de la cascada Skeidsfoss, en Fljót. La tecnología añade confort a nuestras vidas.

Ninguna débil luz solar logra iluminar el alto círculo montañoso que acoge a Siglufjördur entre sus brazos y le da abrigo. El 15 de noviembre, el sol, como de costumbre, desapareció detrás de la montaña Blekkilsfjall. Desde entonces, sólo un raquítico resplandor asoma en los picos de Hafnarhyrna y Hestskardshnjúkur a mediodía, y con el cielo despejado. Un brillo rojizo rebota unos instantes laderas abajo entre las montañas, mientras el corto día de lo más crudo del invierno va avanzando por el hemisferio septentrional terrestre.

Por la noche, la luna brilla en lo alto del firmamento, proyectando su mágica luz sobre las blancas tierras invernales, en las que no se aprecia la menor mácula. Una infinidad de tonalidades de azules y plateados, y sombras de desigual oscuridad en las hondonadas y en las quebradas convierten el paisaje en un enigma misterioso. La luz de la luna refulge en el fiordo y las chispeantes llamas de las auroras boreales hermosean el azul oscuro de la cúpula celeste con su fantástico espectáculo.

Cuanto más cerca del punto solsticial, tanto más duradera y oscura se torna la penumbra, aunque durante un rato cada día haya suficiente luz para ver y trabajar. Pasado el solsticio, que cae entre el 21 y el 22 de diciembre, comienza a clarear de nuevo, a paso lento pero seguro. La luz diurna se alarga un pie de gallina cada día hasta llegar el momento en que el sol nos vuelve a visitar el 28 de enero, que es el llamado «día del Sol». Ese día, un espléndido y bello sol invernal vuelve a brillar sobre Hólshyrna tras setenta y cuatro días de ausencia, lo cual es motivo de celebración en el pueblo.

Las montañas de Úlfdalsfjöll, al oeste, y Siglunesmúli y Stadarhólsfjöll, al este, nos libran de numerosas tempestades invernales, mientras que duras tormentas se abalanzan sobre las regiones más abiertas y los mares árticos. Sin embargo, bajo la oscuridad del invierno, cuando el gélido viento del noreste lanza las nevadas alrededor del promontorio de Nesnúpur y sobre la lengua de tierra de Siglunes hasta dentro del fiordo de Siglufjördur, elevándolas luego por encima de las gigantescas montañas del interior, a muchos les parece que su espacio vital queda reducido, a la vez que crecen sus preocupaciones. Esto es propio de esta época del año por estos lares y lo mismo vale para toda nuestra buena patria. Algunos también ven en el mal tiempo y la oscuridad boreal una dura prueba para su entereza mental. A otros les gusta mucho este periodo y opinan que es óptimo, tanto para la holganza y el descanso como para los trabajos intelectuales. Las actividades sociales y culturales florecen, mientras que los quehaceres puertas adentro y los de fuera están en sus mínimos.

Tras el diluvio universal, Dios estableció un

pacto con el viejo Noé, ancestro de todos nosotros: «Mientras la Tierra permanezca, la siembra y la siega, el frío y el calor, el verano y el invierno, el día y la noche, nunca cesarán». Y Dios puso el arcoíris en las nubes como señal de ese pacto.

Las estaciones seguirán su rotación, y continuarán alternándose sin descanso los días claros y los oscuros, y siempre lo dulce se mezclará con lo amargo. Constantemente, el bien se alternará con el mal, la esperanza primaveral con el ansia invernal, pero siempre nacerá un nuevo día luminoso tras la oscuridad de la noche. O, como dice el poema de Freysteinn Gunnarsson:

Aun cuando fuera la ventisca se bata,
no temas su bramante clamor,
porque toda tormenta al final acaba,
vuelve la primavera con su naciente verdor.

La gloria estival, con sus maravillas naturales, pronto se impondrá de nuevo en este pueblo a orillas del océano. Los rayos del sol de estío dorarán las montañas que se yerguen hasta el cielo en la suave calma de esta estación luminosa, convirtiendo el fiordo entero en un arca repleta de luz solar.

En los días sin noches del mes solsticial, las montañas y los valles lucen infinitas tonalidades y la superficie del mar se convierte en oro rutilante cada amanecer y cada crepúsculo. ¿Qué puede igualarse a la quietud calmada y la belleza del alba veraniega cuando los majestuosos picos de las montañas y sus lozanas laderas se ponen cabeza abajo en el embellecedor espejo del fiordo?

En momentos así, quedan reparados todos los males del invierno.

Serie Islandia Negra en Booket: